Le coffre aux trésors des vertus

Lila Rosewood

Published by Lila Rosewood, 2024.

This is a work of fiction. Similarities to real people, places, or events are entirely coincidental.

LE COFFRE AUX TRÉSORS DES VERTUS

First edition. April 10, 2024.

Copyright © 2024 Lila Rosewood.

ISBN: 979-8224969487

Written by Lila Rosewood.

Table of Contents

À tous ceux qui croient en la magie des mots et en la puissance des histoires, ces contes sont dédiés. Puissent-ils vous inspirer, vous émouvoir et vous accompagner dans votre propre voyage à travers la vie. Que chaque page soit un rappel de la beauté de l'imagination et de la force des valeurs qui nous unissent en tant qu'êtres humains.

Les autres enfants, qui avaient autrefois moqué et ridiculisé Timothy, s'approchèrent de lui avec un respect et une admiration renouvelés. Ils l'écoutèrent attentivement alors qu'il partageait son histoire, sa voix emplie d'honnêteté et de vulnérabilité.

Dès ce jour, le village fut empli d'un nouveau sens de l'unité et de la compréhension. L'acte de bonté de Timothy avait comblé le fossé entre eux, leur enseignant le pouvoir de la compassion et du pardon.

Et tandis que le soleil se couchait à l'horizon, projetant une lueur chaleureuse sur le village, Timothy sourit, sachant qu'il avait changé le cours de sa vie et de celles de ceux qui l'entouraient avec rien d'autre qu'un cœur généreux et humble.

Au-Delà des Apparences : Mme Clara

Dans un village paisible, niché au creux des collines verdoyantes et des arbres murmureurs, vivait une vieille femme du nom de Mme Clara. Installée dans une maison délabrée en périphérie de la bourgade, elle menait une existence solitaire, s'occupant de son jardin et tricotant près de l'âtre.

Pourtant, malgré sa douceur et son bon cœur, les villageois évitaient Mme Clara, nourrissant des histoires de sorcellerie et de magie noire autour de sa demeure. Les parents mettaient en garde leurs enfants contre l'approche de sa maison, et même les plus courageux redoutaient de s'y aventurer, craignant l'inconnu.

Un après-midi ensoleillé, alors qu'un groupe d'enfants jouait dans le pré près de la demeure de Mme Clara, leurs rires remplissaient l'air d'une musique joyeuse. Parmi eux se trouvait Paul, un garçon au cœur intrépide, attiré par la curiosité là où d'autres hésitaient à s'aventurer.

Au cours du jeu, un coup maladroit de Paul propulsa le ballon avec force, le projetant à travers la fenêtre de la maison de Mme Clara. Les autres enfants poussèrent un cri d'effroi, figés par la peur devant le verre brisé.

"Je vais le récupérer", déclara Paul d'une voix ferme, bien que son cœur battît la chamade.

Ses compagnons tentèrent de le dissuader, le mettant en garde contre les dangers qui guettaient à l'intérieur de la maison de Mme Clara. Mais Paul était résolu, et, prenant une profonde inspiration, il s'avança vers la porte grinçante et frappa doucement.

À sa grande surprise, la porte s'ouvrit d'elle-même, dévoilant une pièce baignée d'une faible lumière, emplie de l'odeur alléchante de biscuits fraîchement sortis du four. Et là, assise sur un vieux sofa, se tenait Mme Clara, ses yeux étincelants de chaleur alors qu'elle tenait le ballon entre ses mains.

"Entrez, cher enfant", invita-t-elle d'une voix douce et chaleureuse. "Je vous attendais."

Un instant d'hésitation s'empara de Paul, mais quelque chose dans l'attitude aimante de Mme Clara le rassura, et il franchit le seuil de la pièce, émerveillé par ce qu'il découvrait.

Au fil de leur conversation, Mme Clara partagea avec Paul les souvenirs de sa jeunesse, les histoires d'amour et de perte, ainsi que les joies des temps révolus. Paul écouta attentivement et réalisa que la vieille dame devant lui n'était en rien la sorcière terrifiante que les villageois avaient imaginée, mais simplement une âme solitaire en quête de gentillesse et de compagnie.

Pendant ce temps, les amis de Paul s'inquiétaient de son absence et couraient annoncer sa disparition à leurs parents. Bientôt, une foule se rassembla devant la maison de Mme Clara, criant leur colère et leur peur.

Mais à leur grande surprise, Paul émergea de la demeure, tenant la main de Mme Clara et arborant un sourire radieux. Il partagea avec eux son expérience, louant la générosité et la chaleur de Mme Clara, et les supplia de voir en elle la gentille âme qu'elle était réellement.

Émus par les paroles de Paul, Mme Clara se présenta devant la foule et partagea son histoire, sa voix tremblante d'émotion. Et lorsque la vérité éclata, les villageois furent envahis par un profond sentiment de honte, prenant conscience de l'injustice qu'ils avaient infligée à Mme Clara pendant tant d'années.

Dès lors, les villageois traitèrent Mme Clara avec le respect et la bienveillance qu'elle méritait, l'accueillant à bras ouverts dans leur communauté. Et tandis que le soleil se couchait à l'horizon, enveloppant le village d'une douce lumière dorée, Paul et Mme Clara étaient assis côte à côte sur le porche, leur cœur débordant de gratitude et d'affection l'un pour l'autre, ainsi que pour les leçons qu'ils avaient apprises.

Les Remords de Jessie : Une Leçon d'Empathie

Dans une ville animée, où les rues fourmillent de mouvements et les visages affichent des sourires chaleureux, vivait une jeune fille nommée Jessie. Connu pour son esprit vif et son sourire radieux, Jessie n'était pourtant pas à l'abri des jours sombres.

Un jour particulièrement difficile, Jessie se trouvait à errer dans les rues, absorbée par ses pensées. Marchant d'un pas lourd, submergée par ses propres tourments, elle ne remarqua pas la silhouette pressée de Bill qui venait en sens inverse.

Dans sa hâte, Bill heurta involontairement l'épaule de Jessie, la faisant trébucher. Surpris et déjà accablé par sa propre journée désastreuse, Jessie laissa éclater sa colère et s'en prit à Bill avec une sévérité sans mesure, ignorant ses excuses sincères.

Bill, embarrassé et blessé, s'éclipsa rapidement, les yeux brillants de larmes retenues. Les passants observaient en silence, le visage empreint de déception face à la réaction brutale de Jessie.

Déconcertée par leur réaction, Jessie ne saisissait pas pourquoi ils étaient si bouleversés. Mais bientôt, Dora, une voisine au cœur tendre, s'approcha d'elle, l'expression sombre.

"Tu ignores ce qui s'est passé avec Bill lorsque tu l'as heurté par accident", murmura-t-elle. "Bill vient juste d'apprendre le décès de sa mère", ajouta-t-elle.

Le cœur de Jessie se serra lorsqu'elle prit conscience de la gravité de la situation. Sa colère se mua rapidement en honte et en culpabilité lorsqu'elle réalisa la douleur qu'elle avait infligée à Bill avec ses paroles impétueuses. Elle se rendit chez lui, constatant qu'il était toujours profondément perturbé par sa perte.

Les larmes aux yeux, Jessie présenta ses plus sincères excuses et ses condoléances à Bill, expliquant comment elle avait mal interprété la situation et laissé ses frustrations prendre le dessus sur elle. À son grand soulagement, Bill accepta ses excuses avec une indulgence empreinte de compréhension, reconnaissant que chacun pouvait commettre des erreurs, surtout dans les moments de deuil.

Touché par la sincérité de Jessie, Bill accueillit son soutien durant cette période difficile, reconnaissant sa gentillesse et sa compassion.

À partir de ce jour, Jessie retint une leçon précieuse sur le pouvoir de la politesse et de la compréhension. Elle réalisa que la gentillesse ne coûte rien et peut faire toute la différence, surtout lorsque nous ignorons ce que traversent les autres.

Alors qu'elle s'éloignait de la maison de Bill, le cœur plus léger après avoir libéré le poids de sa culpabilité, Jessie jura de toujours être plus attentive à ses paroles et à ses actions, consciente de leur potentiel à blesser ou à guérir.

Le Vase Brisé : Le Chemin de l'Intégrité

Il était une fois, dans le village animé de Brookshire, un jeune garçon nommé Joshua. Joshua était réputé pour son bon cœur et sa foi inébranlable en Dieu. Mais un jour, il se retrouva confronté à une décision difficile qui allait mettre son intégrité à l'épreuve.

Tout commença lorsque Joshua cassa accidentellement un vase appartenant à l'aîné du village, M. Thomas. Au lieu de reconnaître son erreur, Joshua paniqua et cacha les morceaux brisés dans les bois, espérant que personne ne les découvrirait.

Mais au fil des jours, la culpabilité s'alourdissait sur le cœur de Joshua, et il savait qu'il ne pourrait pas dissimuler la vérité plus longtemps. Avec un profond soupir, il s'approcha de M. Thomas et avoua son méfait, les larmes coulant sur ses joues alors qu'il implorait le pardon.

Dans un premier temps, M. Thomas fut en colère et déçu, ses sourcils se fronçant de frustration. Mais en voyant les yeux emplis de larmes de Joshua et en percevant la sincérité de son repentir, son expression s'adoucit et il lui offrit un doux sourire.

"Merci d'avoir été honnête, Joshua," déclara M. Thomas, sa voix empreinte de compassion. "Je vois que tu es vraiment désolé pour ce que tu as fait."

À la surprise de Joshua, au lieu de le punir pour son erreur, M. Thomas lui accorda sa miséricorde et son pardon, préférant saluer le courage qu'il avait eu de dire la vérité.

Dès lors, l'acte d'intégrité de Joshua fut célébré dans tout le village, rappelant avec force l'importance de l'honnêteté et de l'intégrité dans toutes nos actions. Et tandis que Joshua levait les yeux vers le ciel bleu clair au-dessus de lui, il savait qu'avec la grâce et la direction de Dieu, il choisirait toujours le chemin de la vérité et de la justice.

Les Faux Amis : L'Épreuve de Valeria

Dans une ville animée où les rires des enfants résonnaient dans l'air, résidait une jeune fille nommée Valeria. Réputée pour son intelligence et sa persévérance, elle s'efforçait toujours d'être la meilleure de sa classe. Cependant, sans le savoir, son succès suscitait l'envie de ses camarades de classe, déterminés à la faire tomber.

Un jour, alors que Valeria se tenait seule dans la cour de l'école, ses camarades s'approchèrent d'elle avec des sourires aux lèvres. "Hey Valeria, nous avons remarqué à quel point tu travailles dur et nous voulons t'aider à étudier", dirent-ils gentiment. Les yeux de Valeria s'emplirent de gratitude. Elle avait toujours aspiré à avoir des amis partageant sa passion pour l'apprentissage. "Merci beaucoup ! J'adorerais étudier avec vous", s'exclama-t-elle.

À partir de ce jour, Valeria passa chaque après-midi avec ses nouveaux amis, étudiant et révisant pour les examens. Cependant, elle ignorait que leurs intentions n'étaient pas pures. Ils ne cherchaient pas à l'aider à réussir, mais plutôt à saboter ses chances d'obtenir une bourse.

Alors qu'ils étudiaient ensemble, les amis de Valeria provoquaient des distractions, lui faisant perdre un temps précieux et l'empêchant de se concentrer sur ses études. Ils l'incitaient à s'engager dans des activités improductives, la détournant ainsi de ses objectifs.

Malgré leurs efforts, Valeria restait déterminée à réussir. Cependant, un jour, alors qu'elle entendait ses amis comploter pour ruiner ses chances d'obtenir une bourse, son cœur se brisa en mille morceaux.

Dévastée et trahie, Valeria se précipita chez elle et se confia à sa mère. En larmes, elle lui raconta tout ce qui s'était passé. Sa mère écouta avec une tristesse mêlée de sagesse. "Ma chère Valeria", dit-elle doucement, "tous ceux qui te sourient n'ont pas de bonnes intentions. Il est important de choisir tes amis avec soin et de veiller à ceux que tu laisses entrer dans ton cercle intime."

Guidée par les conseils maternels, Valeria apprit une précieuse leçon sur l'amitié et la confiance. Elle réalisa que de véritables amis se soutiennent et s'encouragent mutuellement, plutôt que de se déchirer par l'envie.

Dès lors, Valeria s'entoura de véritables amis qui célébraient ses succès et l'encourageaient à poursuivre ses rêves. Et alors qu'elle continuait son voyage dans la vie, elle emportait avec elle la sagesse des paroles de sa mère, sachant que la véritable amitié est un précieux cadeau qu'il faut chérir et protéger à tout prix.

Un Héros Inattendu

Dans un charmant petit village niché entre des collines verdoyantes, vivait un garçon nommé Timothy. Avec des yeux aussi brillants que le soleil du matin et un cœur aussi pur qu'un ruisseau de cristal, Timothy traversait la vie avec une boiterie douce, un rappel d'un passé qu'il ne pouvait oublier.

Malgré sa nature gentille, Timothy était confronté aux railleries et aux moqueries des autres enfants du village. À l'école, des chuchotements et des quolibets le suivaient comme des ombres, et la solitude devenait sa compagne constante. Personne ne voulait être associé à lui, craignant de devenir des cibles aussi.

Un sombre après-midi, alors que Timothy rentrait chez lui de l'école, perdu dans ses pensées, il entendit soudain un cri à l'aide. Se précipitant vers la source du tumulte, il trouva un garçon de son école, piégé sous une branche d'arbre tombée, sa jambe coincée en dessous.

Sans hésitation, Timothy se précipita au côté du garçon, rassemblant toute sa force pour soulever la lourde branche et le libérer. Alors que le garçon gisait là, haletant et tremblant de gratitude, Timothy lui offrit un sourire rassurant.

"J-je suis désolé," balbutia le garçon, les larmes aux yeux. "J-je n'ai jamais réalisé... J'ai été si cruel avec toi..."

Le cœur de Timothy se gonfla de compassion alors qu'il tendait une main pour aider le garçon à se relever. "Ce n'est pas grave," dit-il doucement. "Nous faisons tous des erreurs. Ce qui compte, c'est que tu sois en sécurité maintenant."

En marchant ensemble vers la maison, le garçon ne pouvait se débarrasser de la culpabilité qui pesait lourdement sur son cœur. "Pourquoi m'as-tu aidé ?" demanda-t-il, sa voix emplie de confusion.

Timothy fit une pause, ses yeux reflétant la sagesse de quelqu'un bien au-delà de ses années. "Parce que," répondit-il, "je sais ce que ça fait d'être blessé et seul. Et je ne veux jamais que quelqu'un d'autre ressente ça."

Le garçon resta sans voix, par la bonté et la grâce de Timothy. Et au moment où ils approchaient du village, se tenant la main, un événement miraculeux se produisit.

Le Poids de la Désobéissance : L'Éveil de Pierre

Dans la vibrante cité d'Harmony Hills résidait un jeune garçon nommé Pierre, débordant d'énergie et de vivacité. Bien que plein de curiosité, il avait le vilain défaut de désobéir, ce qui chagrinait profondément ses parents aimants. Ces derniers, conscients des périls qui guettaient dans le monde qui les entourait, mettaient en garde Pierre contre certaines fréquentations connues pour leur conduite problématique. Cependant, persuadé qu'il connaissait mieux que quiconque, Pierre raillait leurs inquiétudes et ignorait leurs conseils, convaincu qu'il pouvait se débrouiller seul.

Un jour fatidique, alors que Pierre et ses camarades pénétraient dans un magasin local, les ennuis se tramèrent. Trois des garçons, galvanisés par leur comportement imprudent, décidèrent de dérober des jeux vidéo et des jouets des étagères, leurs mains avides se saisissant de tout ce qu'elles pouvaient attraper. Aveuglé par son amitié, Pierre suivit ses compagnons hors du magasin et dans les rues. Ignorant le fait que les événements se déroulaient sous l'œil attentif des caméras de surveillance, enregistrant chaque objet volé et chaque frémissement de panique.

Bientôt, la police fit irruption, leur visage sévère témoignant de la gravité de la situation. Pierre et ses acolytes furent appréhendés, leur culpabilité évidente aux yeux de tous. Malgré les protestations d'innocence de Pierre, il fut tenu pour responsable de ses actes, sa désobéissance le conduisant sur une voie de conséquences qu'il n'aurait jamais pu envisager.

De retour chez lui, le cœur lourd, Pierre dut faire face à ses parents, leur déception transparaissant dans leurs regards. Malgré ses supplications en larmes et ses excuses sincères, les parents de Pierre savaient qu'ils devaient le discipliner pour sa désobéissance, non par colère ou malveillance, mais par amour et souci de le protéger du mal.

Alors que Pierre affrontait les conséquences de ses actes, il réalisa l'importance de l'obéissance et la sagesse des conseils parentaux. Il jura de les écouter désormais, de se fier à leur sagacité et d'éviter les tentations de la mauvaise compagnie.

En repensant aux événements qui l'avaient conduit à ce moment, Pierre comprit qu'il avait tiré une leçon précieuse : l'obéissance ne consiste pas seulement à suivre des règles, mais aussi à faire confiance à l'amour et aux conseils de ceux qui nous aiment le plus.

Les Liens Brisés

Dans une ville pittoresque, lovée entre les montagnes majestueuses, résidaient deux meilleurs amis nommés Jacques et Ruth. Depuis la maternelle, ils étaient inséparables, partageant des rires, des secrets et des rêves.

Un jour ensoleillé, alors qu'ils rentraient de l'école à pied, leurs rires se transformèrent en paroles de colère alors qu'ils se retrouvaient en désaccord. Tout commença par un simple malentendu, mais les émotions étaient vives et avant qu'ils ne s'en rendent compte, ils se retrouvèrent enfermés dans une dispute acharnée.

Le désaccord portait sur une décision à prendre pour un projet scolaire. Jacques pensait que la proposition d'Amélie était meilleure que celle de Ruth, ce qui la mit en colère. Malgré les tentatives de Jacques pour expliquer son raisonnement et rassurer Ruth sur le fait qu'il appréciait leur amitié par-dessus tout, elle se sentait trahie par son refus de prendre parti.

Frustrée et blessée, Ruth tourna le dos à Jacques, refusant de lui parler. Elle ignora ses tentatives d'excuses, laissant sa colère s'envenimer et pousser comme une mauvaise herbe dans son cœur. Les jours se transformèrent en semaines, et pourtant, Ruth s'accrochait à ses ressentiments, incapable de lâcher la blessure qu'elle ressentait.

À la rentrée des classes, Ruth constata l'absence de Jacques. Inquiète, elle se renseigna auprès de leurs camarades de classe, pour découvrir que Jacques avait déménagé dans une autre ville pendant les vacances. Le cœur brisé et rempli de regrets, Ruth réalisa les conséquences de son orgueil. Elle avait laissé sa colère creuser un fossé entre elle et sa meilleure amie, et désormais, elle n'aurait jamais la chance de réparer les choses.

Alors que les larmes lui remplissaient les yeux, Ruth aurait souhaité avoir été plus rapide à pardonner, à abandonner sa fierté et à accorder sa grâce à Jacques. Elle réalisa que s'accrocher à la rancune lui avait coûté l'amitié la plus précieuse qu'elle ait jamais connue.

Dès ce jour, Ruth jura de ne plus jamais laisser la rancune prendre racine dans son cœur. Elle apprit à ses dépens que le pardon ne consiste pas seulement à abandonner le passé, mais aussi à embrasser l'avenir à bras ouverts, avec un cœur rempli d'amour et de grâce. Et même si Jacques se trouvait à des kilomètres de là, elle savait qu'elle porterait toujours avec elle les leçons qu'ils avaient apprises ensemble.

Leçon d'humilité : La transformation d'Isabelle

Il était une fois, dans un royaume lointain, une princesse nommée Isabelle. Avec ses cheveux dorés semblables au soleil et ses yeux bleus comme le ciel, Isabelle était la princesse la plus belle et la plus admirée de tout le pays. Pourtant, malgré sa beauté, son cœur était empli de fierté et d'arrogance.

Ayant grandi dans un palais opulent, Isabelle n'avait jamais connu les difficultés ni le besoin. Elle était habituée à une vie de luxe, entourée de serviteurs qui satisfaisaient tous ses désirs. Mais au fil des ans, Isabelle devint hautaine et méprisante envers ceux qui avaient moins de chance qu'elle.

Un jour, le roi Thomas, le père d'Isabelle, veuf et connu pour sa sagesse et son intégrité, s'inquiéta du comportement de sa fille. Il percevait l'arrogance dans son regard et la cruauté dans ses paroles, et il savait qu'un changement était nécessaire.

Ainsi, un soir, le roi Thomas appela Isabelle dans ses appartements et lui lança un défi. "Ma chère fille," dit-il d'une voix douce mais ferme, "je crains que vous ne soyez devenue trop fière et égoïste. Il est temps pour vous d'apprendre une leçon d'humilité et de compassion."

Perplexe et intriguée, Isabelle écouta son père expliquer son plan. Pendant une semaine, elle échangerait sa place avec une servante du palais, accomplissant ses tâches et vivant comme elle, sans privilèges ni traitement spécial.

Au début, Isabelle protesta, son cœur orgueilleux refusant d'accepter une tâche aussi humble. Mais le roi Thomas était déterminé et finalement, Isabelle accepta ses conditions à contrecœur.

Le lendemain matin, Isabelle se retrouva vêtue d'un simple uniforme de servante, ses cheveux dorés cachés sous une modeste casquette. Le cœur lourd et l'anxiété l'envahissant, elle se mit en route pour commencer sa semaine de service.

Au fil des jours, Isabelle se débattait avec son nouveau rôle. Elle astiquait les sols, lavait la vaisselle et répondait aux besoins de la famille royale avec les mains fatiguées et les muscles endoloris. Elle ressentit la piqûre de l'épuisement et la sensation de faim, et pour la première fois de sa vie, elle comprit ce que signifiait vivre sans privilèges ni luxe.

Mais tandis qu'elle travaillait aux côtés des autres serviteurs, Isabelle commença à voir le monde sous un nouveau jour. Elle observa leur gentillesse et leur humilité, leur dévouement et leur sacrifice, et elle ressentit un respect et une admiration renouvelés à leur égard.

Alors que la semaine touchait à sa fin, le cœur d'Isabelle avait changé. Fini la fierté et l'arrogance qui l'avaient autrefois consumée, remplacées par l'humilité et la compassion. Elle réalisa que la vraie grandeur ne se mesurait pas par la richesse ou le statut, mais par la gentillesse et l'amour que nous montrons aux autres.

Une fois la semaine écoulée, Isabelle retourna à sa vie de princesse, mais elle n'était plus la même. Elle traitait les serviteurs avec gentillesse et respect, et elle utilisait sa position privilégiée pour aider ceux qui en avaient besoin. Elle comprit que la véritable grandeur réside non pas dans une couronne ou un titre, mais dans l'amour et la compassion que nous montrons aux autres. Et elle jura de vivre sa vie au service des autres, suivant l'exemple de son père et les leçons qu'il lui avait enseignées.

L'Éveil de Georges : Réapprendre à Aimer à Travers les Yeux des Enfants

Dans une paisible demeure nichée au cœur d'un quartier tranquille, résidait un vieil homme solitaire répondant au nom de Georges. Entouré de vingt petits-enfants et de douze arrière-petits-enfants, qui vivaient à proximité, Georges préférait la quiétude à l'agitation que suscitait la présence de tant de jeunes enfants.

Chaque jour, Georges éloignait ses petits-enfants lors de leurs visites, se plaignant du bruit et de l'effervescence qu'ils apportaient avec eux. Il désirait ardemment être laissé en paix pour pouvoir se plonger dans ses pensées.

Pourtant, malgré son humeur bourrue, les petits-enfants de Georges l'adoraient et recherchaient son affection. Ils le sollicitaient de questions incessantes et le suppliaient de leur narrer des histoires, espérant ainsi se rapprocher de leur grand-père bien-aimé.

Un jour, la famille de Georges décida de partir en vacances, le laissant sous la garde de sa fille aînée, Margaret. Au début, Georges savoura le calme et la solitude de la maison vide. Mais au fil des jours, un sentiment de vide et de solitude s'empara de lui. Les rires et les éclats de voix de ses petits-enfants, le son de leurs pas résonnant dans les couloirs, lui manquaient terriblement. Il prit alors conscience de la joie et de la vitalité qu'ils apportaient dans sa maison.

Réfléchissant à sa solitude, Georges connut une révélation. Il réalisa que ses petits-enfants n'étaient pas une charge, mais une véritable bénédiction. Leur présence emplissait sa demeure d'amour et de rires, lui insufflant une nouvelle énergie.

Lorsque les vacances prirent fin et que les petits-enfants revinrent à la maison, Georges fut ravi de les retrouver. Il les accueillit à bras ouverts, arborant un sourire chaleureux, désormais plus doux et moins distant. Il savoura chaque instant passé en leur compagnie, appréciant les éclats de rire et l'amour qu'ils lui prodiguaient.

Dès lors, le cœur de Georges débordait de gratitude envers sa famille vivante et affectueuse. Il comprit que la véritable joie résidait dans l'acceptation de l'amour et des rires de ses proches, et s'engagea à chérir chaque moment passé en leur compagnie, aux côtés de ses petits-enfants et arrière-petits-enfants bien-aimés.

Un Petit Geste, un Grand Impact

Au cœur d'une petite ville, lovée entre des montagnes imposantes et des ruisseaux murmurants, résidait un groupe d'amis reconnus pour leur gentillesse et leur compassion. Parmi eux se trouvaient Deborah, une jeune fille au cœur aussi vaste que le ciel, et ses amis Emily, Jacob et Michael.

Un matin d'hiver glacial, tandis qu'ils se rendaient à l'école, ils remarquèrent un vieil homme assis sur un banc, son corps frêle frissonnant de froid. Il se nommait M. Henry, sans abri, sans famille pour veiller sur lui, sans foyer où se réfugier.

Remplis de compassion, Deborah et ses amis savaient qu'ils devaient agir pour aider M. Henry. Ils rassemblèrent leurs ressources et décidèrent de lui confectionner une couverture, en cousant ensemble des morceaux de tissu ornés de messages d'amour et d'espoir.

Chaque jour après l'école, ils rendaient visite à M. Henry, lui apportant des repas chauds. Ils écoutaient ses histoires et partageaient les leurs, tissant ainsi un lien d'amitié qui réchauffait leurs cœurs même par les jours les plus froids.

En travaillant sur la couverture, Deborah et ses amis découvrirent la vraie valeur de la gentillesse et de la communauté. Ils réalisèrent que même le plus petit acte de bonté pouvait avoir un impact considérable dans la vie de quelqu'un, et qu'en s'unissant, ils pouvaient créer quelque chose de beau et de significatif.

Après des semaines de travail acharné et de dévouement, la couverture fut enfin achevée. Les larmes de gratitude dans les yeux, M. Henry s'enveloppa dans la couverture, sentant la chaleur de leur amour et de leur générosité l'entourer comme une douce étreinte.

Alors que Deborah et ses amis contemplaient leur création, ils surent qu'ils n'avaient pas seulement apporté du réconfort à M. Henry, mais qu'ils avaient également tissé des liens d'amitié et de compassion qui les uniraient pour toujours. Car en fin de compte, ils avaient découvert que le véritable bonheur résidait dans le don de soi et le partage de l'amour avec les autres, surtout avec ceux qui en avaient le plus besoin.

Fleurir dans l'Adversité : L'Épopée de Rosalind

Dans le jardin ensorcelant de Willow Grove se dressait jadis un majestueux rosier, vantant les fleurs les plus éclatantes et parfumées. Mais une nuit d'orage, une tempête violente ravagea le jardin, déchaînant sa colère sur les délicats pétales des roses. Lorsque la tempête se calma enfin, le rosier, autrefois fier, gisait brisé et écrasé, ses pétales flétris et son esprit abattu.

Parmi les ruines du jardin, une rose refusait de s'avouer vaincue. Cette rose, nommée Rosalind, était réputée pour sa résilience et sa force d'âme. Malgré les ravages de la tempête, Rosalind demeurait déterminée à refleurir, à défier les pronostics et à surmonter la destruction.

Jour après jour, Rosalind affrontait les éléments impitoyables du vent et de la pluie, faisant face à chaque défi avec une détermination inébranlable. Puisant sa force dans la terre nourricière et dans les rayons du soleil, elle savait qu'avec patience et persévérance, elle reverrait la lumière du jour.

Mais juste au moment où Rosalind atteignait ses limites, un nouvel obstacle se dressa sur son chemin. Une colonie de pucerons avait élu domicile sur ses feuilles, menaçant de dévorer ses maigres ressources et de la laisser flétrie et affaiblie. Malgré la tentation du désespoir, Rosalind refusa de céder à la défaite. Au contraire, elle puisa au plus profond d'elle-même sa résilience, rassemblant le courage de lutter contre les envahisseurs minuscules. Chaque jour, elle livrait une bataille silencieuse contre les pucerons, persévérant dans l'adversité et refusant de laisser sa beauté et sa vitalité être emportées.

Et puis, un matin glorieux, alors que les premiers rayons du soleil perçaient à travers les nuages, les efforts de Rosalind furent récompensés. Dans un geste triomphant, elle déploya une fois de plus ses pétales, ses teintes vibrantes éclatant comme des phares d'espoir au cœur de la dévastation du jardin. Elle rappela à tous que même dans les moments les plus sombres, l'espoir subsiste toujours. Elle leur enseigna que la véritable force réside non pas dans l'évitement de l'adversité, mais dans l'affrontement courageux de celle-ci et dans l'émergence plus forte de l'autre côté.

Ainsi, le jardin de Willow Grove fut à nouveau embaumé du doux parfum des roses, témoignage de la résilience et du pouvoir de la persévérance face à l'adversité.

Leçon apprise : Aussi intimidants que puissent paraître les défis auxquels nous sommes confrontés, la résilience et la persévérance peuvent nous aider à surmonter même les obstacles les plus difficiles. Comme Rosalind, nous pouvons trouver la force dans l'adversité et sortir des tempêtes de la vie plus forts et plus beaux que jamais.

La leçon épineuse

Il était une fois, dans une petite ville pittoresque, un garçon espiègle nommé Joe. Son talent pour les farces était célèbre à travers toute la ville, et il savourait chaque rire suscité par ses blagues. Pour lui, rien n'était plus exaltant que de voir sa famille paniquer à cause de ses plaisanteries.

"Joe, c'est assez ! Arrête tes bêtises !" grondaient ses parents, désespérés. "Si tu continues comme ça, personne ne te prendra jamais au sérieux."

Mais Joe ne prêtait aucune attention à leurs avertissements. Il persistait dans ses méfaits, ignorant les conséquences de ses actes.

Un après-midi ensoleillé, alors qu'il jouait seul dans le jardin, la balle de Joe s'échappa et roula jusqu'à un buisson rempli d'épines. Déterminé à récupérer son bien, Joe s'aventura dans le buisson, ignorant les dangers qui l'attendaient. Mais bientôt, il se retrouva pris au piège, piégé par les branches épineuses.

"À l'aide ! Que quelqu'un vienne m'aider !" supplia Joe, sa voix tremblante de peur et de douleur. Mais cette fois, ses cris ne trouvèrent aucun écho. Sa famille, lassée de ses farces incessantes, ne prit pas ses appels au sérieux.

Une heure s'écoula, et le désespoir de Joe se transforma en désespoir. Les larmes coulaient sur ses joues alors qu'il luttait pour se libérer de sa prison d'épines. Pendant ce temps, la mère de Joe, inquiète, décida d'aller voir ce qui se passait. En entendant les sanglots étouffés de son fils, elle comprit enfin que cette fois-ci, ce n'était pas une plaisanterie.

"Joe ? Es-tu vraiment coincé ?" appela-t-elle, le cœur serré d'angoisse.

"Oui, maman ! S'il te plaît, aide-moi, je suis vraiment coincé !" répondit Joe, sa voix emplie de douleur et de détresse. Entendant l'urgence dans la voix de son fils, sa mère accourut à son secours. Elle appela rapidement le père de Joe, qui arriva avec une paire de sécateurs pour couper les branches.

Avec une précision minutieuse, le père de Joe libéra son fils du piège épineux. Joe sortit du buisson, secoué mais indemne, le visage marqué par la honte et le remords. Alors qu'ils rentraient à la maison, ses parents lui firent asseoir pour une conversation sérieuse.

"Joe, réalises-tu ce qui aurait pu arriver aujourd'hui ?" demanda son père, le regard grave mais empreint d'inquiétude. Joe hocha la tête, les joues rouges de honte. "Je suis désolé, maman et papa. Je ne voulais pas causer de problèmes. J'ai appris ma leçon."

Ses parents échangèrent un regard complice avant de l'envelopper dans une étreinte chaleureuse. "Nous te pardonnons, Joe. Mais tu dois comprendre que tes actions ont des conséquences. Il est temps de mettre un terme à tes farces et d'agir de manière responsable", dit doucement sa mère.

À partir de ce jour, Joe renonça à ses mauvaises manières. Il réalisa que le vrai bonheur réside dans le fait de faire sourire les autres, pas dans le fait de leur jouer des tours à leurs dépens. Et tandis qu'il embrassait sa nouvelle maturité, Joe découvrit que le respect et la véritable amitié valent bien plus que quelques rires éphémères.

Le Courage de Jacky : Une Histoire de Loyauté et de Sacrifice

Il était une fois, dans un village pittoresque, un chien fidèle nommé Jacky. Il n'était pas juste un chien ordinaire ; il était le compagnon dévoué d'un berger au bon cœur nommé David. Ensemble, ils traversaient les vastes pâturages verdoyants, veillant sur le troupeau de moutons avec tendresse et dévotion.

Un jour, alors qu'ils se trouvaient au milieu des collines, une violente tempête éclata. Le tonnerre grondait au-dessus d'eux, et des éclairs déchiraient le ciel sombre, envoyant les moutons paniqués dans toutes les directions.

Pris au dépourvu par cette tempête soudaine, David et Jacky se retrouvèrent séparés du troupeau, isolés et vulnérables face à la furie de la tempête. Mais au lieu de flancher dans la peur, Jacky se tint aux côtés de son maître, courageux et déterminé, sa loyauté brûlant comme un phare dans la nuit.

Alors que la tempête faisait rage avec une intensité croissante, David comprit qu'ils devaient trouver un abri rapidement. Il aperçut au loin une vieille grange abandonnée et pressa Jacky de le suivre. Avec un aboiement assuré, Jacky bondit en avant, ouvrant la voie à travers les rafales de vent et les trombes d'eau.

Mais juste au moment où ils atteignaient la sécurité relative de la grange, le drame frappa. Un éclair frappa un arbre voisin, le faisant s'écrouler sur David. Sans hésiter une seconde, Jacky se précipita, poussant David hors de danger juste avant que l'arbre ne s'écrase sur lui, le silence régnant après le choc dévastateur.

À cet instant, David réalisa la profondeur de l'amour et du sacrifice de Jacky. Rempli de gratitude et de tristesse, David s'agenouilla près de son fidèle compagnon décédé, lui murmurant des mots d'amour et de reconnaissance dans l'obscurité de la nuit orageuse. Alors que la tempête commençait à s'apaiser, un sentiment de paix envahit le cœur de David, sachant que le courage de Jacky lui avait sauvé la vie.

Dans les jours qui suivirent, David rendit hommage à la mémoire de Jacky en prenant soin des moutons avec encore plus de dévotion et de tendresse. Même si Jacky n'était plus à ses côtés, son esprit vivait dans le cœur de tous ceux qui le connaissaient, un symbole éclatant de courage, de loyauté et d'amour inconditionnel.

Alors que le soleil perçait à nouveau à travers les nuages, baignant la campagne d'une lumière dorée et chaleureuse, David savait qu'il n'oublierait jamais le courageux chien qui avait donné sa vie pour le sauver. Pour David, Jacky n'était pas seulement un chien, mais un véritable héros.

Sauvé par Grace

Dans la trépidante cité de Lumièreville, régnait un homme opulent nommé M. Alexander. Sa demeure somptueuse, ses bolides rutilants et son train de vie fastueux ne passaient pas inaperçus. Mais au-delà de sa fortune, M. Alexander était célèbre pour sa fierté démesurée et son arrogance sans bornes. Il méprisait les autres, se croyant au-dessus de tous du fait de sa richesse, et refusait d'admettre les besoins de ceux moins fortunés que lui.

Malgré ses richesses, M. Alexander était convaincu qu'il pouvait se débrouiller seul. Il pensait pouvoir surmonter tous les défis par ses propres moyens, se fiant uniquement à ses ressources et à sa force personnelle. Il ridiculisait l'idée même de solliciter l'aide d'autrui, la qualifiant de signe de faiblesse.

Un jour funeste, la fierté de M. Alexander serait mise à rude épreuve. Alors qu'il conduisait sa précieuse voiture de sport dans les artères de la ville, une tempête violente s'abattit soudainement. La pluie torrentielle, le vent déchaîné et les rues inondées prirent au piège M. Alexander dans son véhicule.

Pris de panique et de désespoir, M. Alexander réalisa la gravité de la situation. Sa voiture commença à être engloutie par les flots montants, et il comprit qu'il avait besoin d'aide pour survivre. Mais lorsqu'il sollicita l'assistance de ses amis fortunés, il fut accueilli par un silence assourdissant. Aucun d'entre eux n'était disposé à lui venir en aide en ce moment critique.

Se sentant impuissant et seul, la fierté de M. Alexander commença à vaciller. Il prit conscience que sa richesse et son statut étaient insignifiants face à la catastrophe. Dans ses heures les plus sombres, ce ne fut pas ses pairs riches qui volèrent à son secours, mais un modeste sans-abri nommé Samuel. Ce dernier, n'ayant rien d'autre à offrir que sa compassion et sa bonté, risqua sa propre vie pour sauver M. Alexander des eaux déchaînées. Animé par une force née de l'humilité et du dévouement, Samuel extirpa M. Alexander de sa voiture engloutie et le mit en sécurité.

Alors que M. Alexander grelottait sur un terrain plus élevé, entouré des débris de sa fierté et de son arrogance, il fit l'amère constatation. Sa fierté l'avait rendu aveugle aux besoins des autres, et dans son arrogance, il avait aliéné ceux qui auraient pu lui tendre la main dans ces moments critiques.

Le cœur meurtri par cette expérience de mort imminente, M. Alexander fit le serment de changer ses façons de faire. Il apprit que la véritable force ne réside pas dans la richesse ou le statut, mais dans l'humilité et la compassion envers autrui. Dès lors, il se dévoua à aider ceux qui étaient moins fortunés que lui, conscient que la fierté précède la chute, mais que l'humilité mène à la rédemption.

L'Explorateur et le Lion : Une Histoire d'Amour et de Survie

Il était une fois, dans un modeste village niché au cœur de l'Afrique, habitait un intrépide explorateur nommé Daniel. Affublé de son fidèle chapeau kaki et armé de sa carte, Daniel s'enfonçait inlassablement dans les méandres de la nature sauvage, assoiffé de découvertes. Mais un jour funeste, au détour d'épaisses frondaisons, il se trouva pris au piège de l'égarement. La canicule oppressante du soleil et les murmures énigmatiques de la jungle semblaient annoncer un destin sombre.

Soudain, un grondement sinistre déchira le silence, glaçant le sang de Daniel. Surgissant de l'ombre, un lion majestueux, ses prunelles d'or brûlantes d'appétit et de rage, se dressa devant lui. Le cœur battant la chamade, Daniel comprit qu'il était face à l'un des prédateurs les plus redoutables de la contrée, sans espoir de secours, livré à lui-même dans cet enfer vert. Dans un ultime élan de désespoir, il invoqua avec ferveur la protection divine, dans un mélange de terreur et d'incertitude.

Pourtant, au cœur de cette peur dévorante, une étrange quiétude vint envelopper Daniel. Comme touché par la grâce, un seul mot s'imposa à son esprit tourmenté : amour. Tremblant de tout son être, Daniel osa adresser des paroles empreintes de douceur et de compassion au lion.

"Oh noble félin, je te conjure de m'accorder ta clémence. Je suis égaré dans cette jungle impénétrable, mais mon cœur déborde d'admiration pour ta majesté. Je te supplie, accorde-moi la grâce de regagner mon humble campement, où mes frères humains attendent avec anxiété mon retour. Puisses-tu entendre les battements de mon cœur et comprendre le désir ardent qui m'anime : celui de retrouver les miens, grâce à ton indulgence."

Malgré le silence de l'animal, Daniel partagea avec lui le récit de son périple, sa quête de retour sain et sauf vers son campement, suppliant pitié et compréhension. À sa plus grande stupeur, l'attitude du lion sembla changer. Ses rugissements s'adoucirent, ses yeux s'emplirent d'une compassion insoupçonnée. Puis, dans un geste d'une infinie bienveillance, le lion se déroba, laissant à Daniel le chemin de la délivrance.

Les larmes de gratitude aux yeux, Daniel rejoignit son camp, son cœur oscillant entre émerveillement et effroi. Il avait été le témoin du pouvoir extraordinaire de l'amour, capable de vaincre les plus redoutables obstacles, de combler les fossés les plus infranchissables, de métamorphoser les bêtes les plus féroces en amis. Contemplant le firmament étoilé, il savait qu'il serait à jamais reconnaissant pour ce miraculeux don d'amour qui lui avait sauvé la vie.

Le Cadeau de Lolita : Un Amour Tricoté Main

Dans un charmant village pittoresque résidait une jeune fille pleine de vivacité, répondant au doux nom de Lolita. Renommée pour sa créativité débordante et son amour inconditionnel envers sa famille, notamment son cher père, Lolita était une source de joie pour tous ceux qui croisaient son chemin.

À l'approche de l'anniversaire de son père bien-aimé, Lolita nourrissait la ferme intention de lui offrir un présent qui réchaufferait son cœur. Inspirée par sa nouvelle passion pour le tricot, elle se lança dans un projet grandiose : confectionner de ses propres mains un pull pour son cher géniteur.

Pendant des mois, Lolita investit son cœur et son âme dans cette tâche, cousant et tissant chaque fil avec amour et minutie. Imaginer le sourire radieux de son père au moment de déballer le cadeau nourrissait sa détermination à créer quelque chose de véritablement spécial.

Enfin, le grand jour arriva et Lolita présenta avec fierté sa création artisanale à son père. Ses yeux s'illuminèrent de surprise et de bonheur lorsqu'il découvrit le pull surdimensionné, orné de pièces rapportées colorées et de points irréguliers, témoins des efforts sincères de Lolita.

"Joyeux anniversaire, papa !" s'exclama Lolita, le cœur battant d'impatience. Son père, ému, déballa le présent avec précaution. Malgré sa simplicité apparente, il pouvait sentir la chaleur et l'affection tissées dans chaque maille.

« Lolita, c'est merveilleux ! » s'exclama-t-il d'une voix émue. "Merci, ma chérie. Je le chérirai toujours." Touchée par la gratitude de son père, Lolita l'enlaça tendrement, ressentant une vague de bonheur et de fierté envahir son être.

Fidèle à sa promesse, son père porta le pull avec fierté, faisant fi de sa taille et de son style peu conventionnels. Chaque fois qu'il l'enfilait, ce n'était pas par devoir, mais par amour pour sa fille et reconnaissance pour son geste sincère.

Alors que Lolita observait son père arborer fièrement son œuvre, un sourire radieux illuminait son visage. Elle savait que son cadeau lui avait apporté autant de joie qu'il lui en avait procuré. En cet instant, elle réalisa que les plus beaux cadeaux ne se mesurent pas à leur taille ou leur perfection, mais à l'amour et à la sollicitude avec lesquels ils sont offerts.

Dans l'étreinte chaleureuse de son père, Lolita sut qu'elle lui avait offert le présent le plus précieux qui soit : son amour sincère.

Réconciliation : L'Incroyable Histoire de Sarah et David

Il était une fois, dans un village pittoresque niché au cœur de collines vallonnées, vivait une femme nommée Sarah. Jeune et pleine de rêves, Sarah avait pourtant connu des épreuves douloureuses dans sa vie. Seule et désespérée, elle se retrouva confrontée à un choix déchirant : abandonner son petit garçon au bord de la route, dans l'espoir qu'une âme charitable lui offrirait une vie meilleure.

Les larmes coulant sur son visage, Sarah entoura le cou du bébé d'un petit collier, témoignage de son amour et de ses souvenirs, au cas où leurs chemins se croiseraient à nouveau. Le cœur lourd, elle embrassa son fils et s'éloigna dans la nuit, le laissant entre les mains du destin.

Par la grâce du destin, le bébé fut découvert par un homme au cœur généreux nommé John et sa femme, Mary. Emplis de compassion, ils accueillirent l'enfant chez eux et le choyèrent comme leur propre fils, lui prodiguant amour et soins. Ils le nommèrent David et, au fil des ans, il apporta lumière et bonheur dans leur foyer.

David grandit pour devenir un jeune homme brillant et déterminé, au cœur aussi pur que l'or. Il se dévoua à ses études et réalisa son rêve de devenir médecin. Par ses compétences et sa compassion, il gagna le respect et l'admiration de ses parents, consacrant sa vie à soulager la souffrance des autres.

Un jour fatidique, une femme d'une cinquantaine d'années arriva à l'hôpital, gravement malade et désespérément besoin de soins. Vêtue de haillons, son visage marqué par les épreuves et la souffrance, elle croisa le regard du jeune médecin à ses côtés et ressentit un mélange de reconnaissance et de peur.

Malgré les suppliques des autres patients, la femme appela le jeune médecin d'une voix tremblante d'émotion. Intrigué, David s'approcha d'elle, écoutant ses paroles empreintes de confusion et d'incrédulité. La femme l'interrogea sur son passé, sur ses parents, et d'autres détails personnels.

Au cours de leur conversation, Sarah remarqua le collier autour du cou de David et lui demanda de le voir. David accepta, et en examinant le collier, Sarah réalisa qu'il était identique à celui qu'elle avait placé autour du cou de son fils avant de le quitter sur le bord de la route. Les larmes coulèrent sur ses joues, rendant David encore plus perplexe. Malgré ses tentatives pour la réconforter, Sarah resta émue jusqu'à ce qu'elle se calme enfin. Elle rendit le collier à David, lui tenant la main et l'embrassant.

Bouleversé par sa réaction, David s'interrogea sur l'attachement de Sarah au collier. Il expliqua que c'était le seul souvenir qu'il avait de sa mère biologique, puisqu'il ne l'avait jamais rencontrée et ne savait rien d'elle. Émue par ses paroles, Sarah rassembla le courage de révéler que le collier lui appartenait autrefois avant de le placer autour du cou de David.

Le cœur de David battait la chamade tandis qu'il réalisait qu'il se trouvait face à sa mère biologique. Il lui demanda pourquoi elle l'avait abandonné et Sarah expliqua qu'elle avait fui son mari violent avec son bébé pour protéger leur vie.

Touché par l'histoire déchirante de Sarah, le cœur de David s'adoucit et il décida de pardonner à sa mère biologique. Reconnaissant le courage qu'il lui avait fallu pour révéler la vérité, il ressentit un profond sentiment de compassion pour elle. Déterminé à réparer les erreurs du passé et à prendre soin d'elle, David organisa le traitement médical de Sarah et veilla à ce qu'elle reçoive les meilleurs soins possible.

Au fil des semaines, la santé de Sarah s'améliora, grâce aux soins attentifs de David. Sous son affection, elle guérit à la fois physiquement et émotionnellement. David ne lésina pas sur les moyens pour lui offrir confort et bien-être, aménageant pour elle une nouvelle maison où elle pourrait vivre dans la paix et la dignité.

Grâce à la générosité et à la gentillesse de David, Sarah retrouva l'amour et l'admiration pour son fils. Touchée par la sollicitude dont il avait fait preuve envers elle malgré les douleurs du passé, elle savait qu'elle avait été bénie d'une seconde chance dans la vie, grâce à l'amour inconditionnel de son fils.

Pour David, prendre soin de sa mère lui apportait un sentiment d'accomplissement et un but différent de tout ce qu'il avait jamais connu. Alors qu'il la voyait retrouver la santé et le bonheur sous ses soins, il ressentit un profond sentiment de gratitude pour l'opportunité de lui rendre son amour et sa gentillesse par la compassion et le pardon.

Et ainsi, mère et fils se lancèrent ensemble dans un nouveau chapitre de leur vie, unis par un amour qui avait surmonté les épreuves du passé. Chaque jour qui passait, leur lien se renforçait, témoignant du pouvoir du pardon, de la rédemption et de la force durable de l'amour.

Sarah et David devinrent inséparables, partageant des moments précieux et construisant des souvenirs ensemble. Au fil du temps, Sarah guérit non seulement de ses blessures physiques, mais aussi de ses cicatrices émotionnelles, grâce à l'amour et au soutien inconditionnels de David.

Bientôt, la petite ville entière fut témoin de leur lien exceptionnel, de leur amour et de leur dévouement l'un envers l'autre. Leur histoire inspira les gens autour d'eux, leur montrant la puissance de la réconciliation et du pardon.

Emily et Grace : Un Lien Indéfectible

Emily adorait les animaux et elle possédait trois chiens : Max, Bella et Toby. Un après-midi ensoleillé, tandis qu'elle jouait dans son jardin, elle entendit un léger gémissement provenant de derrière les buissons. Curieuse, elle alla enquêter et découvrit un petit chien abandonné coincé sous un tas de débris de béton. Ressentant de la compassion pour le pauvre chiot, Emily retira soigneusement les débris et mit doucement le chien blessé en sécurité. Elle pouvait voir que le chien avait faim, peur et quelques blessures dues à son emprisonnement sous le béton. Sans hésitation, Emily emmena le chien à l'intérieur, nettoya ses blessures et le nourrit avec amour et prévenance.

Jour après jour, le chien, que Emily baptisa Grace, devint plus fort et en meilleure santé sous les tendres soins d'Emily. Emily savait que sa famille ne pouvait pas accueillir un autre chien de manière permanente, mais elle était déterminée à trouver pour Grace un foyer aimant. Elle fit passer le message dans sa communauté et, assez rapidement, une gentille famille se manifesta pour adopter Grace.

Les années passèrent et Emily n'oublia jamais Grace. Un jour, alors qu'elle rentrait de l'école à pied, Emily assista à une scène terrifiante : un chien féroce s'apprêtait à l'attaquer ! Glacée par la peur, Emily ferma les yeux, se préparant au pire.

Soudain, un tourbillon de poils surgit de nulle part, faisant face courageusement au chien agressif. Avec une rapidité fulgurante et une détermination féroce, le chien héros repoussa l'assaillant, donnant à Emily juste assez de temps pour s'échapper en sécurité. Secouée mais reconnaissante, Emily se tourna pour remercier son sauveur et, à son grand étonnement, elle reconnut le visage familier de Grace ! Des larmes de joie remplirent les yeux d'Emily tandis que Grace bondissait vers elle, lui léchant le visage avec affection.

À ce moment-là, un homme s'approcha, appelant Grace. Emily réalisa que Grace avait trouvé un foyer aimant et un maître attentionné qui l'avait formée pour devenir une héroïne. Le cœur lourd, Emily fit ses adieux à Grace, sachant qu'elle était entre de bonnes mains.

Alors que Grace partait au trot avec son maître, Emily ne put s'empêcher de sourire, sachant que le lien qu'ils partageaient durerait toute une vie. Et à ce moment-là, elle comprit le vrai sens de l'amour, de la compassion et du pouvoir de la rédemption..

Un câlin qui a tout changé

Dans un charmant village niché au cœur de collines verdoyantes et d'arbres murmureurs, résidait un vieil homme du nom de M. Thompson. Sa physionomie perpétuellement ridée et sa langue acérée étaient connues de tous. M. Thompson semblait porter le fardeau du monde sur ses épaules, et son comportement bourru intimidait même les plus intrépides. Chaque jour, on le trouvait assis seul sur un banc vieilli dans le parc, observant le monde autour de lui d'un regard distant. Les gazouillements des oiseaux et les rires des enfants résonnaient à ses oreilles, mais M. Thompson restait isolé, enveloppé dans son amertume.

Un après-midi ensoleillé, un rayon de lumière vint percer l'obscurité de la solitude de M. Thompson. Une jeune femme du nom de Rosalie, aux yeux aussi lumineux que le soleil, s'approcha du banc et s'assit à ses côtés. Ignorant la réputation de M. Thompson, Rosalie lui adressa un sourire chaleureux et une question simple : « Bonjour, monsieur. Quel est votre nom ? Comment allez-vous aujourd'hui ? »

La réponse de M. Thompson fut aussi tranchante qu'une lame : "Pourquoi devriez-vous vous en soucier ? Occupez-vous de vos affaires, jeune femme." Mais Rosalie ne se laissa pas décourager par son attitude glaciale. Au contraire, elle persista avec gentillesse, offrant de la conversation et des gestes amicaux malgré le comportement distant de M. Thompson.

À sa grande surprise, la gentillesse de Rosalie ne fit que se renforcer face à son impolitesse. Elle demeura à ses côtés, insensible à ses tentatives de la repousser. Au fond de lui, M. Thompson ressentit une lueur d'espoir, une émotion qu'il n'avait pas connue depuis des années.

Cependant, M. Thompson n'était pas encore prêt à abandonner son amertume. Il décida de mettre Rosalie à l'épreuve, pour déterminer si sa gentillesse était authentique ou simplement superficielle. Il lui lança des mots durs, espérant ainsi la chasser une bonne fois pour toutes.

Mais la réponse de Rosalie ne fut pas celle qu'il attendait. Au lieu de riposter ou de s'enfuir effrayée, elle se leva, s'approcha de lui et l'enveloppa dans une étreinte chaleureuse. M. Thompson resta figé, le cœur battant dans sa poitrine, tandis que des larmes lui montaient aux yeux. Personne ne lui avait témoigné autant d'amour et de compassion depuis des années, et à cet instant précis, il prit conscience de la profondeur de sa solitude et de sa souffrance. Le simple geste de gentillesse de Rosalie avait brisé les barrières qu'il avait érigées autour de son cœur, et il comprit qu'il ne pourrait jamais redevenir l'homme amer qu'il était autrefois.

Ainsi, les mots de colère cédèrent la place aux sourires et aux rires. M. Thompson devint une figure aimée du village, non pas pour son caractère acariâtre, mais pour la chaleur et la gentillesse qu'il manifestait envers tous ceux qu'il croisait.

Et tout cela, grâce à une jeune femme nommée Rosalie, dont la compassion inébranlable avait changé sa vie à jamais.

Deux Âmes Sœurs à la Ferme : Becky et le Chiot Abandonné

Il était une fois, dans une ferme paisible, lovée au cœur de champs vallonnés et de brises douces, qu'habitait une douce vache nommée Becky. Reconnue pour sa nature douce et son bon cœur, Becky fut frappée par une tragédie lorsqu'elle perdit son précieux veau. Le cœur brisé, elle se retrouva seule et égarée, privée de son petit compagnon. Mais au milieu de son chagrin, un événement remarquable se produisit. Alors qu'elle errait dans les champs en quête de réconfort, elle découvrit un petit chiot, abandonné et frissonnant de froid.

Saisie par une étincelle de compassion, Becky prit le chiot sous son aile. Elle le serra contre elle, le réchauffant de sa propre chaleur et lui prodiguant tout son amour. Dès lors, ils devinrent inséparables, trouvant réconfort et joie dans la compagnie l'un de l'autre.

Leur lien ne passa pas inaperçu auprès du fermier, surpris de voir Becky prendre soin d'un chiot plutôt que d'un veau. Curieux mais prudent, le fermier s'approcha d'eux, dans l'intention d'emmener le chiot.

Mais Becky, farouchement protectrice envers sa nouvelle amie, tint bon. Elle mugit et piétina, avertissant le fermier de ne pas s'approcher davantage. Percevant la détermination dans le regard de Becky, le fermier décida de les laisser tranquilles, reconnaissant que leur lien était quelque chose de spécial et de sacré.

Ainsi, Becky et le chiot continuèrent à arpenter la ferme ensemble, partageant aventures et rires, leur amitié se renforçant chaque jour davantage. Le chiot grandit pour devenir un chien fort et loyal, toujours aux côtés de Becky, prêt à la protéger et à la réconforter en cas de besoin.

Leur histoire devint légendaire à la ferme, témoignant du pouvoir de l'amour et de l'amitié pour panser même les blessures les plus profondes. Pour Becky et son fidèle compagnon, il n'existait pas de plus grande bénédiction que le don de leur compagnie mutuelle, un lien qui perdurerait pour l'éternité.

Une quête de vraie richesse

Il était une fois, dans un village pittoresque bordant une dense forêt, résidait un groupe d'amis intrépides : Sarah, Jacob, Emily et Caleb. Leur passion pour l'exploration et leur curiosité insatiable les avaient rendus célèbres dans leur communauté.

Un jour, alors qu'ils se réunissaient sous l'ombre protectrice d'un chêne centenaire, ils entendirent l'histoire séculaire des anciens du village à propos d'un trésor caché au cœur de la forêt. Intrigués par le mythe, les quatre amis décidèrent de se lancer dans une quête pour le découvrir. Armés d'une carte dessinée par l'aîné du village et animés par leur enthousiasme débordant, ils s'enfoncèrent dans la forêt, déterminés à percer ses mystères.

Leur périple fut semé d'embûches, des sentiers escarpés aux rencontres avec la faune sauvage, mais leur résolution demeura inébranlable. Enfin, après des semaines d'exploration, ils découvrirent une clairière où un majestueux arbre trônait, imposant. Sous ses racines, ils dénichèrent une petite boîte ornée.

Avec impatience, ils ouvrirent la boîte, s'attendant à y trouver des trésors étincelants. Mais à leur grande surprise, ils découvrirent simplement une enveloppe renfermant un message écrit avec élégance : "L'amour est la plus grande richesse qui existe."

Initialement déçus, les amis se regardèrent, perplexes. Toutefois, alors qu'ils méditaient sur les mots gravés sur l'enveloppe, une transformation s'opéra en leur sein. Leurs cœurs se remplirent de joie et de lumière. Ils firent alors le serment solennel de devenir des vecteurs d'amour, diffusant la gentillesse, la compassion et la générosité partout où leurs pas les mèneraient.

Dès lors, Sarah, Jacob, Emily et Caleb ne furent plus reconnus pour leur quête de richesse matérielle, mais pour l'amour qu'ils répandaient autour d'eux. Tout au long de leur existence commune, ils réalisèrent que la véritable richesse ne se mesurait pas en biens matériels, mais dans le pouvoir infini de l'amour.

Un Enseignant, un Élève : L'Éclosion d'une Amitié et d'un Avenir

Il était une fois un jeune garçon nommé Ethan, confronté à la dyslexie. Malgré ses efforts assidus, il peinait à suivre le rythme de ses camarades de classe en lecture et en écriture. Ses enseignants et ses parents, perplexes face à ses difficultés, le considéraient parfois comme paresseux ou peu doué, tandis que ses camarades se moquaient de lui. Les récréations étaient souvent le théâtre de bagarres auxquelles Ethan se retrouvait mêlé, entraînant des appels fréquents de l'école à ses parents. L'idée de le transférer dans une autre école avait même été évoquée par le directeur, plongeant ses parents dans la détresse.

À la maison, Ethan subissait des punitions sévères pour son comportement en classe. Cependant, personne ne se doutait que ses difficultés découlaient d'un trouble qu'il ne pouvait contrôler. Profondément frustré et découragé, Ethan se renferma peu à peu, perdant tout intérêt pour ses activités préférées et devenant taciturne en classe.

Mais un rayon d'espoir surgit avec l'arrivée d'un nouveau professeur, M. David, empathique et plein de compassion. Observant attentivement les difficultés d'Ethan, il refusa de l'abandonner à son sort. Investissant davantage de temps et d'efforts auprès de lui, il lui témoigna patience et compréhension.

Peu à peu, M. David réalisa qu'Ethan souffrait de dyslexie, tout comme son propre frère. Fort de cette découverte, il adapta ses méthodes d'enseignement aux besoins spécifiques d'Ethan, lui offrant le soutien et l'attention nécessaires à son épanouissement.

Grâce à l'accompagnement bienveillant de M. David, Ethan retrouva peu à peu confiance en lui et commença à progresser dans toutes les matières. Ses camarades de classe furent ébahis par ses progrès, et ses parents soulagés de le voir s'épanouir à nouveau.

En définitive, Ethan comprit que tout était possible avec amour et soutien, tandis que M. David démontra qu'en dépit des moments sombres, l'espoir d'un avenir meilleur persistait toujours.

Graines de patience

Il était une fois, dans un village animé niché au cœur de collines verdoyantes et d'arbres aux feuilles bruissantes, qu'habitait un jeune garçon nommé Joshua. Joshua était reconnu pour son énergie inépuisable et son désir d'explorer le monde qui l'entourait. Cependant, il avait une faiblesse : l'impatience.

Chaque fois que Joshua désirait quelque chose, que ce soit un nouveau jouet ou une friandise appétissante, il peinait à attendre qu'il lui soit accordé. Il sollicitait sans cesse ses parents, les assaillant de questions sur le moment où il obtiendrait ce qu'il convoitait, et se frustrait lorsque les choses ne se réalisaient pas aussi rapidement qu'il l'espérait.

Un jour, les parents de Joshua décidèrent de lui enseigner une leçon précieuse sur la patience. Ils lui confièrent une petite graine et lui expliquèrent que, en la plantant et en la soignant avec patience, elle deviendrait une magnifique fleur.

Rempli d'enthousiasme à l'idée de cultiver sa propre fleur, Joshua planta la graine avec hâte dans un morceau de terre, puis attendit fébrilement qu'elle germe. Mais au fil des jours, l'impatience de Joshua grandissait à mesure que la graine semblait demeurer inerte.

« Pourquoi ne pousse-t-elle pas encore ? » demandait-il avec impatience à ses parents, leur tirant sans cesse les manches. « Patience, Joshua », répondaient-ils avec bienveillance. "Toutes les bonnes choses arrivent à ceux qui savent attendre."

Cependant, Joshua ne parvenait pas à comprendre pourquoi il devait attendre. Il voulait sa fleur immédiatement et devenait de plus en plus frustré chaque jour.

Déterminé à accélérer le processus, Joshua décida de prendre les choses en main. Il arrosait la graine sans relâche, la manipulant avec force dans l'espoir de la faire pousser plus vite.

Malheureusement, ses efforts précipités ne firent que nuire à la graine, la laissant affaiblie et en difficulté.

Désemparé face à cet échec, Joshua s'assit près du petit lopin de terre, se sentant vaincu. Mais alors qu'il contemplait le soleil se coucher à l'horizon, une brise légère caressa doucement les feuilles, apportant avec elle un murmure de sagesse. « Toutes les bonnes choses arrivent à ceux qui savent attendre », semblait susurrer la brise, faisant écho aux paroles de ses parents.

Soudain, Joshua eut une révélation. Il comprit que précipiter les choses ne faisait qu'aggraver les choses, mais qu'avec de la patience, tout finirait par se réaliser en son temps.

Revigoré par cette nouvelle perspective, Joshua s'engagea à être patient et à faire confiance au processus. Il arrosa délicatement la graine, en prit soin avec précaution, et attendit avec sérénité.

Et finalement, après un certain temps, la graine commença à germer. Chaque jour, elle grandissait en force et en vigueur jusqu'à ce qu'elle finisse par éclore en une magnifique fleur, révélant toute sa splendeur.

Joshua contempla ce spectacle avec émerveillement, son cœur empli de gratitude et de joie. Il avait appris la véritable valeur de la patience et savait désormais qu'il aborderait la vie avec une attitude calme et confiante, sachant que toutes les bonnes choses viendraient à lui en leur temps.

Le Secret des Barres de Chocolat

Il était une fois, dans une ville animée baignée de rires et de soleil, deux meilleurs amis répondant aux noms de Naomi et Jude. Naomi, issue d'une famille modeste, et Jude, né dans l'opulence et l'abondance, entretenaient un lien profond malgré leurs origines différentes. Chaque jour, Jude apportait à l'école de délicieuses friandises dans sa boîte à déjeuner, tandis que Naomi se contentait de mets simples. Mais jamais Naomi ne se plaignait, et Jude ne remarquait même pas la disparité, tant ils étaient absorbés par leur complicité et leurs jeux.

Un jour, Jude constata l'absence de sa barre de chocolat préférée dans sa boîte à lunch. Un sentiment de déception et de suspicion l'envahit alors, se demandant si Naomi l'avait subtilisée sans rien dire. Plutôt que de la confronter, il décida de vérifier sa théorie le lendemain en apportant deux barres de chocolat.

Effectivement, le jour suivant, l'une des barres avait de nouveau disparu de la boîte à déjeuner de Jude. Un mélange de frustration et d'incompréhension s'empara de lui. Il ne comprenait pas pourquoi Naomi s'appropriait son chocolat sans même le lui demander.

Cependant, au lieu de la réprimander, Jude choisit de démontrer à Naomi ce qu'était réellement l'amour. Chaque jour qui suivit, il apporta deux barres de chocolat à l'école, sans dire un mot à Naomi. Et chaque jour, l'une des barres disparaissait de sa boîte à lunch.

Finalement, un jour, pendant qu'ils jouaient ensemble, Naomi invita Jude à l'accompagner à la cantine de l'école. Après une brève hésitation, Jude déclina poliment l'invitation. Naomi se montra déçue, exprimant sa perception selon laquelle Jude ne l'aimait pas. C'est alors que Jude, d'une voix douce, lui expliqua : "Laisse-moi te dire ce qu'est l'amour, Naomi. L'amour, c'est lorsque je t'apporte chaque jour un barres de chocolat à l'école, car je sais que tu les apprécies."

Les yeux de Naomi s'emplirent de surprise et de compréhension. Une boule se forma dans sa gorge alors qu'elle réalisait ce que Jude faisait depuis le début. Prise de honte et d'émotion, elle avoua avoir pris les barres de chocolat dans la boîte à déjeuner Jude sans lui demander.

Mais plutôt que de se fâcher, Jude l'enlaça chaleureusement et lui offrit un sourire bienveillant. "C'est bon, Naomi," murmura-t-il avec douceur. "Je te pardonne. Ce qui importe le plus, c'est que nous soyons toujours amis, et c'est ce qui compte réellement."

À partir de ce jour, Naomi apprit le véritable sens de l'amour et de l'amitié. Elle promit de ne plus jamais prendre la gentillesse de Jude pour acquise, et ensemble, ils continuèrent à partager rires, joies et chocolats, conscients que leur lien était plus fort que toutes les richesses matérielles.

La Gardienne Sage du Village

Il était une fois, dans un paisible village niché au cœur d'une nature verdoyante et luxuriante, vivait une jeune fille nommée Hannah. Hannah était réputée pour son sourire radieux, son esprit doux, et surtout, sa sagesse qui dépassait son âge.

Un jour ensoleillé, alors qu'Hannah flânait dans les rues du village, elle fut attirée par l'agitation sur la place principale. Intriguée, elle se hâta pour découvrir la source de cette agitation. À sa grande consternation, elle découvrit un grand trou béant dans le sol, laissé découvert par inadvertance.

En examinant de plus près, elle réalisa que ce trou était en fait un puits profond, représentant un danger imminent pour quiconque pourrait y tomber accidentellement. Sachant qu'une action devait être entreprise pour éviter un potentiel désastre, Hannah puisa dans sa sagesse pour trouver la meilleure solution.

Se remémorant une histoire similaire qu'elle avait entendue, Hannah eut une idée. Avec détermination, elle rassembla des matériaux, tels que des branches solides et des cordes épaisses, et mobilisa l'aide de quelques villageois pour aborder le problème.

Ensemble, ils parvinrent à placer une grande planche de bois au-dessus du puits, la fixant solidement en place. Lorsque le dernier clou fut enfoncé, un soupir de soulagement se fit entendre dans la foule. Grâce à la promptitude d'esprit et à la détermination d'Hannah, une catastrophe avait été évitée.

Dès lors, Hannah fut reconnue comme la gardienne sage et avisée du village. Elle continua à utiliser sa sagesse pour aider les autres et les conseiller dans les choix à faire face à toutes sortes de situations.

Au fil des années, la réputation d'Hannah en tant que conseillère avisée ne fit que croître, tout comme sa sagesse. Elle savait que grâce à la sagesse et à la guidance divine, elle pouvait contribuer à maintenir la sécurité et la prospérité de son village pour les générations à venir.

Au-delà de la rancune

Dans un charmant village, deux amis inséparables, Tom et Karen, partageaient un lien solide. Ils partageaient tout, des aventures dans le parc aux secrets les plus intimes. Mais un jour, leur amitié fut mise à l'épreuve, remettant en question leur capacité à pardonner.

Tout a commencé lorsque Tom reçut un vélo flambant neuf pour son anniversaire. Il chérissait cet objet et veillait à ce qu'il reste en parfait état. Un après-midi ensoleillé, alors qu'il pédalait joyeusement dans le parc, Karen, excitée, lui demanda soudainement de lui prêter le vélo pour une balade.

Hésitant, Tom refusa, craignant pour la sécurité de son précieux vélo. Déçue, Karen partit en colère, laissant derrière elle un fossé entre eux. Les jours se transformèrent en semaine, leur amitié se distendit, chaque jour de silence éloignant un peu plus leur lien.

Inquiets de cette situation, les parents de Tom et de Karen décidèrent d'intervenir. Avec tendresse, ils rappelèrent à leurs enfants l'importance du pardon et de la réconciliation pour préserver leur amitié.

Touchés par les paroles de leurs parents, Tom et Karen réalisèrent que la rancune ne valait pas la peine de sacrifier leur amitié. Abandonnant leur fierté, ils décidèrent de rechercher le pardon et la réconciliation.

Un jour ensoleillé à l'école, Tom s'approcha de Karen, le cœur battant, et lui présenta des excuses sincères. Karen, émue, accepta ses excuses et lui pardonna avec un sourire radieux. Dans une étreinte chargée d'émotions, leur amitié retrouvée se révéla plus forte que jamais.

Tom et Karen comprirent alors que le pardon est une étape essentielle pour guérir les blessures du passé et reconstruire des liens durables. Alors qu'ils marchaient ensemble vers l'horizon, riant de bonheur, ils surent que leur amitié était un exemple vivant du pouvoir du pardon, un phare de lumière et d'amour dans leur village.

Le gentil guerrier

Il était une fois, dans une école animée où résonnaient les éclats de rire et les murmures d'apprentissage, un garçon nommé Jeremy se tenait à part des autres. Jeremy se distinguait de ses camarades de classe à bien des égards. Alors qu'ils étaient connus pour leur richesse et leur influence, Jeremy était apprécié pour son cœur généreux et son esprit bienveillant.

Les compagnons de Jeremy formaient un groupe intimidant à l'école. Forts et imposants, ils usaient de leur force pour semer la terreur parmi leurs camarades de classe. Tout ce qui était différent ou hors normes, comme Eve avec ses grandes lunettes, attisait leur moquerie et leur intimidation.

Jeremy ne cautionnait pas les agissements de ses compagnons, mais il était tiraillé par la peur de les confronter. En effet, ces derniers venaient de familles aisées, entretenaient des liens d'affaires avec la famille de Jeremy et il craignait de perdre leur amitié et leur soutien s'il s'opposait à eux.

Ainsi, Jeremy tolérait en silence les actes cruels de ses amis, bien que cela le tourmentât de voir d'autres être blessés. Bien qu'il passât du temps avec eux, il refusait de participer à leurs manigances malveillantes. Il se sentait coupable de ne pas défendre ce qui était juste, mais l'emprise de la peur le maintenait prisonnier.

Un jour, alors que les compagnons de Jeremy tournaient en dérision Eve et ses lunettes, Jeremy ne put plus rester impassible. Rassemblant tout son courage, il confronta ses amis, leur signifiant que leur comportement était inacceptable et blessant.

Ses amis se retournèrent contre lui, Nabil, le chef du groupe, le saisissant par le col et le menaçant. À cet instant critique, le père de Nabil, de passage à l'école, fut témoin de la scène.

Profondément choqué et déçu par le comportement de son fils, le père de Nabil intervint immédiatement. Il réprimanda sévèrement son fils et l'obligea à présenter des excuses à Jeremy.

Jeremy, courageusement, raconta toute l'histoire au père de Nabil, décrivant les multiples intimidations perpétrées par ses compagnons depuis longtemps. Le père de Nabil, furieux et gêné par les agissements de son fils, lui demanda de s'excuser auprès de toutes les victimes et le prévint des conséquences s'il persistait dans ce comportement.

Dès lors, Nabil modifia ses attitudes. Il se montra bienveillant et respectueux envers tous, défendant les victimes d'intimidation et gagnant le respect de ses camarades de classe.

Jeremy apprit que le vrai courage réside dans la défense de la justice, même lorsque cela est difficile. Il découvrit que la gentillesse et l'intégrité valent bien plus que la richesse et le pouvoir. Lui et Nabil s'unirent dans leur engagement commun à traiter autrui avec amour et respect, contribuant ainsi à créer un environnement scolaire plus sûr et plus harmonieux pour tous.

Le collier perdu

Il était une fois, dans un village paisible niché entre des collines et des rivières, vivaient deux jeunes filles nommées Beltina et Isabel. Beltina était connue pour son esprit vif et son sourire charmant, tandis qu'Isabel était admirée pour son honnêteté et son intégrité.

Un jour, alors que les villageois se rassemblaient pour leur marché hebdomadaire, un collier précieux appartenant à l'aîné du village a disparu. Malgré les recherches de tous, le collier restait introuvable. Les soupçons se sont alors tournés vers Isabel, car elle avait été vue près de la maison de l'aîné plus tôt dans la journée.

Pour détourner les soupçons d'elle-même, Beltina murmura aux villageois qu'elle avait vu Isabel avec le collier en sa possession. Cette accusation choqua et consterna les villageois, qui avaient toujours fait confiance à Isabel et admiré son intégrité.

Isabel, se sentant accablée par les accusations injustes, était dévastée. Malgré sa conviction en son innocence, elle se trouvait seule et abandonnée, sans personne pour la soutenir.

Les semaines passèrent, mais la vérité demeurait cachée sous les voiles de la suspicion et du doute. Puis, un jour, alors que Beltina se promenait dans le village, elle découvrit le collier manquant caché sous un buisson. Ce moment fut empreint d'une lourdeur dans son cœur, alors qu'elle réalisait la gravité de ses mensonges.

Se précipitant vers la place du village, Beltina avoua sa tromperie, pleurant alors qu'elle confessait avoir faussement accusé Isabel. Les villageois furent stupéfaits et honteux, prenant conscience de leur précipitation à juger sans connaître la vérité. Isabel, malgré les souffrances injustes infligées par les mensonges de Beltina, lui pardonna avec grâce et gentillesse, illustrant ainsi la véritable intégrité.

À partir de ce jour, Beltina s'engagea à vivre une vie d'honnêteté et d'intégrité, s'efforçant de réparer les torts qu'elle avait causés. Les villageois apprirent une leçon précieuse sur l'importance de rechercher la vérité et de défendre ce qui est juste, même lorsque cela est difficile. Isabel, quant à elle, continua d'être admirée et respectée pour son intégrité inébranlable, servant d'exemple brillant à tous ceux qui la connaissaient. Et le village devint un lieu d'harmonie et de confiance, où l'honnêteté et l'intégrité étaient valorisées avant tout.

La Voie de l'Honnêteté

Il était une fois, dans une ville animée remplie de cœurs attentionnés et de mains secourables, un homme nommé Matthieu. La communauté avait placé sa confiance en Matthieu pour gérer les finances de l'orphelinat local, où les dons affluaient de personnes au bon cœur souhaitant soutenir les enfants dans le besoin.

Matthieu avait été choisi pour cette responsabilité importante en raison de sa réputation d'honnêteté et d'intégrité. Cependant, au fil du temps, la tentation s'était insinuée dans le cœur de Matthieu, le poussant à détourner les fonds qui lui étaient confiés. Initialement, il se disait qu'il rembourserait ce qu'il avait pris, mais plus il volait, plus il s'enfonçait dans la tromperie et l'obscurité.

Un jour, une tragédie frappa l'orphelinat lorsqu'un jeune enfant tomba gravement malade. L'orphelinat n'avait pas les fonds nécessaires pour fournir les soins médicaux indispensables, et la communauté se mobilisa pour collecter des dons. Mais lors du décompte de l'argent collecté, ils découvrirent qu'une somme importante manquait.

La panique s'empara de l'orphelinat lorsqu'ils réalisèrent que quelqu'un avait volé les fonds destinés aux soins des enfants. Les soupçons se portèrent sur Matthieu, l'homme chargé des finances. Confronté à cette accusation, le cœur de Matthieu se serra de culpabilité et de honte lorsqu'il prit conscience de la douleur et de la souffrance que ses actes avaient causées.

Les larmes aux yeux, Matthieu tomba à genoux et implora pardon. Il avoua ses actes répréhensibles et jura de réparer ses erreurs. La communauté fut choquée et attristée par la trahison de Matthieu, mais elle vit également la sincérité de son repentir.

Au lieu de condamner Matthieu, la communauté lui offrit une chance de rédemption. Ensemble, ils prièrent pour obtenir le pardon et cherchèrent conseil pour trouver un moyen de réparer les torts. Avec le soutien de la communauté, Matthieu s'engagea dans un voyage de repentance et de restitution.

Il travailla sans relâche pour rembourser chaque centime volé et se consacra au service de l'orphelinat et de ses enfants avec humilité et amour. Par ses actions, Matthieu montra que même les cœurs les plus sombres peuvent trouver la rédemption grâce au repentir et à un désir sincère de réparation.

Au fil des jours, le cœur de Matthieu s'allégea et son esprit s'illumina. Il trouva le pardon et la guérison dans les bras de la communauté et dans la grâce de Dieu. Dès lors, il vécut une vie d'intégrité et de service, utilisant ses erreurs passées comme rappel pour toujours choisir le chemin de la droiture et de l'honnêteté.

Dans l'Ombre de la Grotte

Il était une fois, dans un village pittoresque niché entre des forêts luxuriantes et des collines, où vivait une jeune fille nommée Lily. Lily était réputée pour son esprit aventureux et son amour de l'exploration. Pourtant, malgré sa nature libre d'esprit, elle avait du mal avec une chose : ses parents.

Les parents de Lily, M. et Mme Jenkins, étaient des membres respectés de la communauté, connus pour leur bonté et leur dévouement envers les autres. Cependant, Lily se trouvait souvent en désaccord avec eux, luttant contre leurs règles et leurs restrictions.

Un jour, alors que Lily se promenait dans la forêt, elle découvrit une grotte cachée nichée au cœur des arbres. Poussée par la curiosité, elle décida d'explorer ses mystères. Mais bientôt, elle se rendit compte qu'elle s'était égarée. Paniquée et seule, Lily appela à l'aide, mais en vain. Les heures passèrent et l'obscurité commença à envelopper la grotte, faisant naître en Lily une peur grandissante.

Pendant ce temps, de retour au village, M. et Mme Jenkins s'inquiétaient de l'absence de Lily. Ils sollicitèrent l'aide des villageois pour la retrouver, mais leurs recherches furent vaines. À mesure que la nuit tombait, leur inquiétude grandissait.

Dans l'obscurité de la grotte, les pensées de Lily se tournèrent vers ses parents. Malgré leurs désaccords, elle réalisa combien ils l'aimaient et à quel point elle les appréciait. Elle se promit de leur obéir et de les honorer si elle sortait indemne de la grotte.

Alors que tout semblait perdu, Lily aperçut une faible lueur. Avec détermination, elle la suivit, retrouvant enfin la sortie de la grotte.

Épuisée mais reconnaissante, Lily retourna au village où ses parents, remplis de soulagement, l'accueillirent à bras ouverts. Des larmes de joie coulaient sur leurs visages alors qu'ils embrassaient leur fille, reconnaissants de la retrouver saine et sauve.

Depuis ce jour, Lily fit un effort conscient pour honorer et obéir à ses parents, réalisant la valeur de leurs conseils et de leur amour. Elle devint une fille modèle, donnant toujours la priorité à sa famille et chérissant le lien qu'elle partageait avec ses parents.

Le village se réjouit du retour de Lily et s'émerveilla de la transformation de son cœur. Au milieu de la joie et de la célébration, une vérité s'imposa : honorer ses parents est une valeur précieuse, apportant bénédictions et bonheur au-delà de toute mesure.

La gratitude du dauphin

Dans l'immensité de l'océan, où les vagues dansent et où la lumière du soleil scintille à la surface, résidait un dauphin bienveillant nommé Darcy. Darcy était aimé de toutes les créatures marines pour sa nature enjouée et son cœur généreux. Mais un jour, le destin a pris une tournure inattendue lorsque Darcy s'est retrouvé échoué sur la terre ferme, incapable de retourner en toute sécurité dans les profondeurs marines qu'il appelait chez lui.

Le cœur lourd, Darcy a lancé un appel à l'aide, ses cris tristes résonnant le long du rivage. Mais malgré tous ses efforts, il ne parvenait pas à trouver un moyen de regagner l'océan qui était sa demeure. Alors que le désespoir de Darcy grandissait, deux pêcheurs, nommés Jack et Sam, sont arrivés sur les lieux. Entendant les appels de détresse du dauphin, ils se sont précipités à son secours, le cœur rempli de compassion.

Ensemble, ils ont soulevé doucement Darcy et l'ont ramené au bord de l'eau. D'un mouvement de queue reconnaissant, Darcy a disparu sous les vagues, le cœur débordant de gratitude envers ses nouveaux amis.

Les mois ont passé et Jack et Sam ont poursuivi leur vie de pêcheurs, bravant les eaux tumultueuses jour après jour. Mais un après-midi fatidique, alors qu'ils naviguaient au cœur d'une tempête déchaînée, le désastre est survenu. Les vagues violentes se sont écrasées contre leur bateau avec une force féroce, brisant la coque en bois et projetant Jack et Sam dans la mer agitée.

À chaque instant qui passait, l'espoir semblait s'éloigner davantage. Juste au moment où tout semblait perdu, un miracle s'est produit. Des profondeurs de l'océan, un groupe de dauphins est apparu, leurs corps élégants traversant l'eau avec grâce et détermination.

Avec de légers coups de nageoires et des gazouillis rassurants, les dauphins ont guidé Jack et Sam vers la sécurité, les ramenant sains et saufs sur le rivage. Alors qu'ils s'effondraient sur le sable, épuisés mais vivants, Jack et Sam ont regardé la vaste étendue de l'océan, le cœur débordant de gratitude.

Et puis, dans un moment de clarté, ils ont réalisé la vérité : les dauphins qui étaient venus à leur secours n'étaient autres que Darcy et ses amis - les mêmes dauphins qu'ils avaient autrefois sauvés d'un destin terrestre.

Des larmes de joie coulaient sur leurs visages alors qu'ils embrassaient les dauphins, leur lien plus fort que jamais. À ce moment-là, Jack et Sam ont compris la profonde leçon que Darcy leur avait enseignée : la gentillesse et la compassion retrouvent toujours le chemin de ceux qui les donnent gratuitement.

Et alors qu'ils regardaient les dauphins disparaître dans la mer scintillante, Jack et Sam savaient que le cercle de bonté continuerait à s'étendre, touchant la vie de tous ceux qui croisaient son chemin.

Les profondeurs des regrets

Il était une fois, dans un village pittoresque entouré de champs de blé doré et de fleurs épanouies, où résidait un jeune garçon nommé Zacharie. Zacharie était réputé pour son esprit aventureux et sa nature espiègle, ayant souvent des ennuis pour avoir désobéi à ses parents.

Un après-midi ensoleillé, les parents de Zacharie l'avaient averti de ne pas s'aventurer trop loin de chez lui, craignant qu'il ne se perde ou ne se blesse. Mais Zacharie, désireux d'explorer au-delà des limites familières de son village, avait ignoré leurs avertissements et s'était rendu dans un village voisin avec ses amis pour jouer. Alors que la journée avançait et que le soleil commençait à descendre sous l'horizon, Zacharie et ses amis se retrouvèrent pris dans une partie de cache-cache. Riant et criant, ils se précipitèrent dans les ruelles et derrière les bâtiments, ignorant le danger qui les guettait à proximité.

Dans son enthousiasme, Zacharie n'avait pas remarqué le trou béant dans le sol jusqu'à ce qu'il soit trop tard. Avec un cri de surprise, il trébucha et tomba tête la première dans l'obscurité. Pendant ce qui sembla des heures, Zacharie resta inconscient au fond du puits, ses amis le cherchant frénétiquement en vain. Alors que le crépuscule se transformait en obscurité, ils rentrèrent chez eux à contrecœur, le cœur lourd d'inquiétude.

Lorsque Zacharie reprit enfin conscience, il se retrouva seul dans les profondeurs froides et humides du puits. La peur lui serra le cœur lorsqu'il réalisa la gravité de sa situation. Les larmes lui montèrent aux yeux alors qu'il appelait à l'aide, mais personne ne répondit. Dans le silence du puits, Zacharie eut le temps de réfléchir à ses actes. Il comprit combien il avait désobéi aux avertissements de ses parents et s'était aventuré en danger, mettant ainsi sa vie en péril. Le cœur lourd, il réalisa la douleur et l'inquiétude qu'il avait causées à sa famille et jura de ne plus jamais leur désobéir.

À mesure que les heures s'écoulaient, l'espoir de Zacharie commençait à décliner. Mais juste au moment où il pensait que tout était perdu, il entendit des voix au-dessus de lui. Son cœur fit un bond de joie lorsqu'il réalisa que ses parents et les villageois étaient venus le secourir. Avec beaucoup d'efforts et de détermination, ils descendirent une corde dans le puits, et Zacharie s'y accrocha fermement pendant qu'ils le tiraient en sécurité. Des larmes de soulagement coulèrent sur ses joues alors qu'il retrouvait sa famille, qui l'enveloppa de chaleureuses étreintes et de larmes de joie.

À partir de ce jour, Zacharie n'oublia jamais la leçon qu'il avait apprise au fond du puits. Il chérissait sa famille et obéissait à leurs conseils, sachant que leur amour et leur sagesse le ramèneraient toujours sain et sauf à la maison. Et en grandissant, il devint connu comme un jeune homme sage et respectueux, témoignant du pouvoir de l'amour, du pardon et des secondes chances.

La Victoire de l'Ami Sage

Il était une fois, au sommet d'une montagne accidentée, deux aigles majestueux - un jeune aigle nommé Eli et un vieil aigle nommé Enzo. Eli était fort et plein d'énergie, tandis qu'Enzo était sage et expérimenté.

Un jour, alors qu'ils planaient dans le vaste ciel bleu, Eli défia Enzo à une course. "Je parie que je peux voler plus vite et plus haut que toi, vieil aigle !" se vantait Eli, battant des ailes avec confiance.

Enzo rit doucement, ses yeux sages pétillant d'amusement. "Très bien, mon jeune", répondit-il. "Mais rappelez-vous, ce n'est pas toujours une question de force et de vitesse. Parfois, la sagesse et l'expérience peuvent triompher de la jeunesse et de la vigueur."

Non découragé par les paroles d'Enzo, Eli accepta le défi avec enthousiasme. D'un puissant battement d'ailes, il s'envola dans le ciel, déterminé à prouver sa supériorité sur le vieil aigle.

Pendant des heures, Eli vola plus haut et plus vite qu'il ne l'avait jamais fait auparavant. Il se sentait invincible, convaincu que la victoire était à sa portée. Mais alors que le soleil commençait à se coucher et que la fatigue s'installait, Eli réalisa qu'il avait volé trop loin et trop haut, et qu'il était maintenant perdu en territoire inconnu.

La panique envahit le cœur d'Eli alors qu'il réalisait son erreur. Il appela à l'aide, mais il n'y eut aucune réponse. À chaque instant qui passait, sa force diminuait et il commençait à faiblir dans les airs.

À ce moment-là, Enzo apparut à côté de lui, ses ailes stables et ses yeux calmes. "N'aie pas peur, mon jeune", dit-il doucement. "Je n'ai peut-être pas votre force ou votre vitesse, mais j'ai quelque chose de bien plus précieux : la sagesse."

Avec les conseils d'Enzo, Eli retrouva lentement son calme et le suivit pour se mettre en sécurité. Alors qu'ils atterrissaient au sommet de la montagne, Eli baissa la tête avec humilité, réalisant la folie de sa fierté. "La sagesse est vraiment le plus grand trésor de tous. Merci de m'avoir montré le chemin."

Enzo sourit chaleureusement, son cœur se gonflant de fierté. "Rappelez-vous, jeune", dit-il, "la vraie force ne réside pas dans nos ailes, mais dans notre cœur. Et avec la sagesse comme guide, nous pouvons surmonter tous les défis qui se présentent à nous."

À partir de ce jour, Eli apprit à respecter et à honorer Enzo, le vieil aigle sage qui lui avait appris la valeur de l'humilité et de la sagesse. Et ensemble, ils s'envolèrent dans les cieux, le moral remonté par le lien d'amitié et la connaissance que la vraie force vient de l'intérieur.

L'histoire de Buzz et de la ruche

Il était une fois, dans un jardin vibrant et plein de vie, une colonie d'abeilles laborieuses. Chaque jour, elles s'affairaient à récolter le nectar des fleurs pour produire un miel doux et doré. Mais au milieu de l'activité incessante de la ruche, une abeille se distinguait pour toutes les mauvaises raisons : une abeille paresseuse nommée Buzz.

Tandis que ses congénères travaillaient sans relâche, Buzz préférait se prélasser paresseusement, profitant de la chaleur du soleil. Il se moquait de l'idée de contribuer aux efforts collectifs, convaincu qu'il pouvait vivre des fruits du travail des autres sans lever le moindre doigt.

Au fil des jours et des semaines, la paresse de Buzz commença à peser lourdement sur la ruche. Les autres abeilles se lassaient de porter le fardeau de son inaction, tandis que Buzz restait parfaitement insensible à la tension qu'il causait.

Mais un jour fatidique, un désastre s'abattit sur la ruche. Une violente tempête balaya le jardin, emportant le précieux nectar des fleurs. Les abeilles réalisèrent avec horreur qu'elles n'avaient pas suffisamment de miel stocké pour survivre aux jours à venir.

La panique se propagea dans la ruche alors que les abeilles tentaient frénétiquement de récupérer le peu de nectar restant. Mais malgré leurs efforts, cela ne suffit pas à les soutenir à travers la tempête.

Au fur et à mesure que les jours passaient et que la ruche se vidait, Buzz prit enfin conscience de la gravité de son erreur. Il avait été tellement concentré sur son propre confort et sa paresse qu'il n'avait pas su voir le tableau dans son ensemble. Maintenant, sa négligence mettait toute la ruche en danger.

Rempli de remords, Buzz s'envola dans le jardin à la recherche de nectar, déterminé à réparer ses torts. Mais il était trop tard : les fleurs avaient été dépouillées par la tempête, ne laissant rien à récolter pour les abeilles.

Le désespoir envahit Buzz lorsqu'il réalisa les terribles conséquences de sa paresse. Il retourna à la ruche, humilié et honteux, prêt à assumer les conséquences de ses actes.

Mais à sa grande surprise, les autres abeilles l'accueillirent à bras ouverts. Elles avaient également reconnu leurs propres erreurs, comprenant qu'elles étaient toutes responsables du bien-être de la ruche, pas seulement Buzz.

Ensemble, les abeilles travaillèrent sans relâche pour reconstruire leur ruche et reconstituer leurs réserves de miel. Et même si le chemin à parcourir serait long et difficile, elles le firent avec détermination et unité, sachant qu'elles étaient plus fortes ensemble qu'elles ne le seraient jamais seules.

À partir de ce jour, Buzz apprit l'importance du travail acharné et du travail d'équipe. Il jura de ne plus jamais se soustraire à ses responsabilités ni prendre pour acquis les efforts de ses congénères. Et tandis que la ruche prospérait à nouveau, Buzz savait qu'il avait appris une leçon précieuse : que le véritable succès ne vient pas de l'oisiveté, mais du dévouement, de la persévérance et de la volonté de travailler ensemble pour le bien commun.

L'Éléphant et la Sauterelle : Une Leçon d'Amitié

Il était une fois, dans une jungle vaste et vibrante, un éléphant nommé Elton et une sauterelle nommée Annie. Elton était célèbre pour sa taille et sa force immenses, tandis qu'Annie était admirée pour son courage et sa sagesse.

Malgré leurs différences de taille, Elton et Annie étaient les meilleurs amis du monde. Ils passaient leurs journées à explorer la jungle ensemble, partageant des histoires et riant tout en parcourant la verdure luxuriante.

Un jour, alors qu'ils erraient dans la jungle, ils tombèrent sur une rivière qui leur bloquait le chemin. Elton, avec sa trompe massive et ses jambes solides, aurait pu facilement traverser la rivière. Mais Annie, avec ses petites jambes et son corps fragile, aurait sûrement été emportée par les eaux tumultueuses.

Soucieux de la sécurité de son ami, Elton proposa de porter Annie sur son dos pour traverser la rivière. Mais Annie, toujours indépendante et déterminée, insista pour trouver un moyen de traverser seule. Avec une précision minutieuse, elle sauta de feuille en feuille à travers la rivière, sa petite forme bondissant à la surface de l'eau.

Étonné par l'ingéniosité d'Annie, Elton fut émerveillé par son courage et son ingéniosité. Il réalisa que la taille et la force n'étaient pas les seules qualités qui comptaient : le courage, la détermination et la sagesse étaient tout aussi importantes, sinon plus. À partir de ce jour, Elton et Annie continuèrent leurs aventures à travers la jungle, affrontant des défis et des obstacles avec un nouveau sens du travail d'équipe et du respect des forces et des faiblesses de chacun. Et tandis qu'ils voyageaient ensemble, ils partagèrent leur histoire avec les autres animaux de la jungle, leur enseignant la précieuse leçon que la véritable amitié ne connaît pas de limites et que la force prend de multiples formes, qu'il s'agisse de la puissance puissante d'un éléphant ou du courage inébranlable d'une sauterelle.

L'Honnêteté Récompensée

Il était une fois, un jeune garçon nommé Leo. Un jour, alors qu'il rentrait de l'école, ses yeux ont été attirés par quelque chose qui brillait sur le bord de la route. Intrigué, il s'est approché pour enquêter et a découvert un bracelet en or finement gravé avec le nom « Jonathan ».

Son cœur battait la chamade lorsqu'il a réalisé la valeur du bracelet. La tentation de le garder pour lui-même l'a traversé, avec la promesse de richesse et de luxe. Après tout, qui le découvrirait un jour ?

Cependant, au fil des jours, la conscience de Leo a commencé à le tourmenter. Il était incapable de trouver le sommeil la nuit, tourmenté par la culpabilité et l'incertitude. Au fond de lui, il savait que garder le bracelet était une erreur, aussi séduisante soit-elle.

Finalement, ne pouvant plus supporter ce fardeau, Leo a pris la décision courageuse de se confier à ses parents. Le cœur lourd, il a révélé la vérité, partageant la découverte du bracelet et sa lutte contre la tentation.

Ses parents l'ont écouté avec compréhension et compassion, remplis de fierté devant l'honnêteté de leur fils. Le père de Leo a examiné de plus près le bracelet, une lueur de reconnaissance traversant son visage. "Jonathan..." murmura-t-il pensivement. "Je crois connaître quelqu'un portant ce nom."

Avec détermination, le père de Leo a décidé de faire ce qui était juste. Il a emporté le bracelet à son bureau et a demandé à son patron s'il l'avait perdu.

Au bureau, le père de Leo a approché son patron avec un mélange d'inquiétude et de détermination. D'une main tremblante, il a présenté le bracelet et a posé la question. À sa grande surprise, les yeux du patron se sont écarquillés de joie. "Mon bracelet !" s'est-il exclamé, rempli de gratitude et de soulagement. "Je pensais l'avoir perdu pour toujours."

Alors que le patron racontait comment sa femme lui avait offert le bracelet, le père de Leo a ressenti un sentiment de fierté face à l'honnêteté de son fils. Il a expliqué comment Leo avait trouvé le bracelet et a confessé la vérité, malgré la tentation de le garder.

Reconnaissant au-delà des mots, le patron a remercié le père de Leo avec un nouveau respect pour son intégrité. Il a réalisé que dans un monde où l'honnêteté était souvent rare, la famille de Leo était un rare symbole d'intégrité.

Alors que le patron réfléchissait à un récent poste vacant pour une promotion, il savait qu'il avait trouvé le candidat idéal. Avec un sourire de gratitude, il a offert le poste au père de Leo, le reconnaissant comme un homme de caractère et d'intégrité.

En fin de compte, Leo a appris une leçon précieuse : l'honnêteté et l'intégrité valent bien plus que n'importe quelle possession matérielle. En regardant son père accepter la promotion avec humilité et fierté, il savait qu'il avait fait le bon choix, même si cela avait été difficile.

Le Héros Méconnu : L'Épopée de Tommy et Emily

Dans une charmante petite ville nichée au cœur de douces collines, vivait une jeune fille nommée Emily et son fidèle chat, Tommy. Emily et Tommy partageaient un lien spécial : ils étaient des compagnons inséparables, découvrant ensemble les merveilles du monde, une aventure à la fois.

Un après-midi ensoleillé, alors qu'Emily jouait dans le jardin, un grognement menaçant déchira l'air. Surprise, Emily se retourna pour voir un chien féroce charger vers elle, les dents découvertes et les yeux brillants de fureur. Glacée par la peur, Emily se sentit impuissante face à la puissance du chien.

Mais juste au moment où le chien se précipitait vers elle, prêt à attaquer, Tommy passa à l'action. Avec une rapidité fulgurante et un courage inébranlable, il se plaça entre Emily et le chien, sa fourrure hérissée de détermination. Avec un sifflement féroce et un coup de patte, Tommy fit face au chien, refusant de reculer devant le danger.

Le chien hésita un instant, surpris par le courage de Tommy. Voyant une opportunité, Emily se précipita vers un endroit sûr, le cœur rempli de gratitude envers son fidèle compagnon. Mais Tommy tint bon, les yeux fixés sur ceux du chien, le défiant de s'approcher davantage.

À ce moment-là, une voix retentit de l'autre côté du jardin – c'était le père d'Emily, attiré par le tumulte. Avec un cri, il se précipita et chassa le chien, rempli de soulagement et de gratitude pour l'héroïsme de Tommy.

Alors que le père d'Emily la prit dans ses bras, Tommy se dirigea vers eux, la queue haute avec fierté. Ensemble, ils embrassèrent Tommy, le comblant d'éloges et de reconnaissance pour son courage face au danger.

Dès lors, Tommy fut célébré comme un héros dans la ville, son courage et sa loyauté acclamés par tous ceux qui le connaissaient. Mais pour Emily, il était bien plus qu'un simple héros : il était son ange gardien, une source constante d'amour et de protection dans un monde rempli d'incertitude.

Alors qu'ils se blottissaient l'un contre l'autre ce soir-là, Emily murmura une prière sincère de remerciement pour Tommy, sachant qu'avec lui à ses côtés, elle serait toujours en sécurité et aimée, quoi qu'il arrive. Et tandis qu'ils s'endormaient, Tommy ronronnait doucement, le cœur rempli de contentement, sachant qu'il avait rempli son devoir de fidèle ami et protecteur d'Emily.

La vraie richesse

Dans une petite ville nichée entre des collines, vivait un garçon nommé Tom. Issu d'une famille modeste, la vie lui était loin d'être facile. Chaque matin, il se levait avant l'aube pour aider son père à entretenir leur petit jardin, travaillant dur pour subvenir aux besoins de la famille. Malgré les épreuves, les parents de Tom mettaient en avant les valeurs de gentillesse et de générosité. Ils lui enseignaient à partager ce qu'ils avaient, même si cela signifiait faire des sacrifices pour leur propre confort.

Chaque jour, Tom se rendait à l'école à pied, l'estomac creux et les vêtements usés. Souvent raillé par ses camarades pour son apparence et sa situation matérielle, il faisait preuve de gentillesse et de compassion, refusant de laisser les paroles blessantes l'atteindre.

Un jour, une lueur d'espoir apparut dans la vie de Tom sous la forme d'une jeune fille nommée Priscilla. Comme lui, elle venait d'une famille modeste, mais son cœur généreux débordait de compassion.

Un après-midi, Priscilla remarqua Tom seul à l'heure du déjeuner, le ventre vide. Sans hésiter, elle partagea son repas avec lui. Touché par sa gentillesse, Tom accepta avec gratitude, reconnaissant en elle une véritable amie.

Dès lors, Priscilla s'engagea à veiller à ce que Tom ne souffre plus de la faim. Malgré leurs modestes moyens, elle demandait à sa mère de préparer un surplus de nourriture chaque jour pour le partager avec lui. Apprenant que les vêtements de Tom étaient usés, elle convainquit sa mère, couturière, de lui confectionner un nouvel uniforme scolaire.

Ironiquement, alors que ses camarades aisés le méprisaient, c'était Priscilla, issue d'un milieu similaire au sien, qui lui offrait son aide et sa compassion.

Un jour, certains camarades de classe de Tom confrontèrent Priscilla, s'étonnant de son amitié avec lui. Elle leur tint tête, dénonçant leur manque d'empathie et leur égoïsme. Elle leur rappela que la véritable richesse réside dans la bonté du cœur et la compassion envers autrui.

Honteux de leur comportement, les camarades de classe de Tom s'éloignèrent, réalisant leur erreur. Dès lors, ils ne le dérangèrent plus, comprenant la valeur du partage et de la gentillesse.

La vie de Tom fut transformée par la générosité de Priscilla. Grâce à son amitié et à son soutien, il apprit que même dans l'adversité, il y a toujours de l'espoir. En partageant ce qu'ils avaient avec les autres, ils pouvaient changer le cours de leur vie.

Au Cœur de la Solidarité

Dans un village pittoresque niché entre des collines, résidait une jeune fille nommée Sarah. Connu pour son énergie débordante et son rire contagieux, elle illuminait chaque endroit de sa présence.

Un matin ensoleillé, Sarah s'éveilla avec un sentiment d'excitation palpitant dans son cœur. Elle pressentait que cette journée marquerait le début d'une aventure extraordinaire. Descendant d'un pas vif pour rejoindre sa famille au petit-déjeuner, elle affichait un large sourire et des yeux pétillants.

Interpellée par son enthousiasme, son père lui demanda ce qui la rendait si excitée. "Je ne sais pas, papa," répondit-elle avec anticipation. "J'ai simplement le pressentiment que quelque chose de spécial va se produire aujourd'hui."

Sans le savoir, Sarah était sur le point d'entamer le voyage de sa vie.

Après le petit-déjeuner, Sarah se dirigea vers le village, remplie de joie et d'anticipation. En chemin, elle remarqua un groupe d'enfants rassemblés sur la place, le visage empreint d'inquiétude.

Curieuse, Sarah s'approcha pour savoir ce qui se passait. Les enfants expliquèrent que leur village faisait face à une crise : une rivière voisine avait débordé, submergeant maisons et champs, menaçant tout sur son passage. Le cœur de Sarah se serra à cette nouvelle, mais elle refusa de céder au désespoir.

Puisant dans sa foi et sa détermination, elle mobilisa les enfants et proposa un plan pour aider les victimes.

Avec une détermination renouvelée, Sarah et ses camarades se lancèrent dans une mission de secours. Ils collectèrent des fournitures et de l'aide pour les personnes touchées par les inondations, travaillant sans relâche, bravant les intempéries et les conditions difficiles.

Malgré les défis, la joie et l'optimisme de Sarah ne faiblirent jamais. Elle encouragea ses amis avec des paroles d'espoir, rappelant que l'amour de Dieu les guiderait à travers l'adversité.

Naviguant sur les eaux tourbillonnantes, le cœur de Sarah se remplit de fierté et de gratitude. Elle savait qu'ils faisaient une différence, non seulement dans la vie des victimes, mais aussi dans la leur.

Alors que le soleil perçait les nuages, illuminant une fois de plus le village, Sarah comprit que leur voyage ne faisait que commencer. Avec la foi comme boussole et la joie comme guide, elle et ses amis continueraient à répandre l'amour et l'espoir, sachant que la véritable joie réside dans le service aux autres et le partage de l'amour de Dieu avec le monde.

Le cœur d'un ami

Dans un village pittoresque, niché au cœur de collines verdoyantes, résidaient deux amis, Josué et Aaron, dont la complicité était inséparable. Ensemble, ils partageaient les rires, les aventures et les joies de la vie.

Un jour funeste, le destin bascula lorsque Aaron tomba malade, victime d'une maladie mystérieuse qui le cloua au lit, affaibli. Malgré les efforts déployés par les médecins du village, l'état d'Aaron s'aggravait de jour en jour.

Le cœur de Josué se remplissait d'une profonde tristesse et d'angoisse à voir son ami souffrir ainsi. Il ressentait le besoin irrépressible d'alléger ses tourments. Josué fit alors le serment solennel de demeurer aux côtés d'Aaron, quel qu'en soit le prix, déterminé à soulager ses souffrances.

Au fil des jours, alors que la maladie d'Aaron progressait inexorablement, Josué devint son compagnon dévoué et infatigable, répondant à tous ses besoins avec amour et dévotion. Il essuyait le front brûlant de fièvre d'Aaron, lui apportait des repas nourrissants et lui murmurait des paroles réconfortantes à l'oreille.

Cependant, à mesure que les semaines s'écoulaient, le fardeau de la souffrance d'Aaron devenait de plus en plus lourd pour Josué. Malgré sa propre fatigue et son désespoir grandissant, il tint bon dans son engagement envers Aaron, refusant de le quitter même lorsque d'autres lui conseillaient de prendre du repos.

Josué savait que la véritable amitié se révélait dans les moments d'épreuve, où il importait de se soutenir mutuellement. Il sacrifia son propre bien-être pour prendre soin d'Aaron, faisant preuve de gentillesse, de compassion et d'altruisme dans l'adversité.

Au bout du compte, la leçon de patience de Josué lui enseigna le vrai sens de l'amour pour son prochain, comme pour soi-même. En portant avec grâce et humilité le fardeau des souffrances d'Aaron, il démontra le même amour et la même compassion qu'il aurait souhaités pour lui-même. Ainsi, il sauva non seulement la vie d'Aaron, mais enrichit également son propre cœur de la joie infinie née des actes altruistes d'amour et de gentillesse.

Un test de foi

Dans la ville animée de Bethsaïda, résidait un jeune homme nommé Simon, reconnu pour sa foi inébranlable et son dévouement envers Dieu. Malgré les épreuves et les tentations innombrables, Simon demeurait fidèle à son engagement de mener une vie juste.

Un jour, alors qu'il déambulait sur le marché, Simon croisa un groupe de marchands proposant des épices exotiques et des trésors rares. Intrigué par leurs étalages, il s'arrêta pour admirer leurs marchandises, ignorant le danger tapi sous la surface.

Parmi les marchands, l'un s'approcha de lui avec une fiole d'huile parfumée, clamant ses vertus miraculeuses de guérison. Simon sentit la tentation s'emparer de lui, imaginant les possibilités d'aider les nécessiteux et de répandre l'amour divin. Pourtant, une pointe de doute et d'incertitude le tiraillait intérieurement.

Le marchand, usant de mots doux et persuasifs, tenta de convaincre Simon de l'achat en soulignant les bienfaits qu'il pourrait apporter avec l'huile. Mais les enseignements de sa foi lui revinrent en mémoire, rappelant que la véritable force émane de Dieu seul, et que le chemin vers la justice requiert humilité et altruisme.

Avec résolution, Simon déclina poliment l'offre du marchand, préférant placer sa confiance dans le plan divin plutôt que dans les promesses de pouvoir et de richesse. Alors qu'il reprenait son chemin sur le marché, il ressentait un mélange de fierté et de satisfaction d'avoir résisté à la tentation, restant fidèle à ses convictions.

Cependant, son acte de foi ne passa pas inaperçu. À l'extrémité du marché, un étranger s'approcha de lui, admirant sa force et sa foi. Cet inconnu se révéla être le Fils de Dieu, Jésus, qui loua le choix de Simon en faveur de la justice plutôt que des richesses matérielles.

Ému et rempli d'étonnement, Simon tomba à genoux devant Jésus, qui le releva en le félicitant pour sa foi et sa détermination. Dès lors, Simon suivit les pas de Jésus, surmontant les tentations et répandant l'amour et la compassion partout où il allait, sachant que la vraie force réside dans la grâce et la miséricorde divines.

La Source Miraculeuse

Il était une fois, dans un petit village niché entre les collines, vivait un jeune garçon nommé Stephen. Sa foi inébranlable en Dieu était connue de tous, même face aux épreuves les plus ardues.

Un jour, une grande famine s'abattit sur le pays, plongeant les villageois dans la faim et le désespoir. Les récoltes flétrissaient dans les champs, et les forêts autrefois luxuriantes devenaient stériles et arides. Malgré les semaines qui s'écoulaient, l'espoir des villageois s'amenuisait, leur foi étant mise à rude épreuve par ces temps difficiles.

Stephen, cependant, demeurait résolu dans sa conviction que Dieu pourvoirait à leurs besoins, même dans les heures les plus sombres. Chaque matin, il se levait avant l'aube pour prier, confiant en la providence divine.

Pourtant, la souffrance qui régnait autour de lui ne lui échappait pas. Voyant ses amis et ses voisins mourir de faim, Stephen décida d'agir.

Avec foi, il se rendit dans le désert, priant pour que Dieu le guide vers la subsistance. Après des jours de marche dans ce paysage aride, Stephen fut sur le point de perdre espoir. Mais alors qu'il atteignait un tournant du chemin, il découvrit une source cachée jaillissant de la terre, symbole de la providence divine.

Empli de gratitude, Stephen retourna au village pour partager la bonne nouvelle. Les visages des villageois s'illuminèrent d'espoir à l'annonce de cette source providentielle. Guidés par leur foi renouvelée, ils se rassemblèrent autour de la source, puisant de la force dans ses eaux cristallines.

Dès lors, la source devint le symbole de la fidélité et de la provision de Dieu au milieu des épreuves. Les villageois s'y réunissaient pour prier et puiser de la force, convaincus de la présence divine à chaque saison de leur vie.

Avec le temps, le village prospéra à nouveau, les champs regorgeant de récoltes et les habitants emplis de gratitude. Ils avaient appris la valeur de la foi à travers les épreuves, sachant que, avec Dieu à leurs côtés, ils pouvaient surmonter tous les obstacles.

Le Corbeau et la Colombe

Au cœur d'une forêt dense, parmi des arbres majestueux, résidait une famille de corbeaux. Parmi eux, Asher, un jeune corbeau, se distinguait par son esprit vif et son tempérament espiègle. Il partageait un nid douillet avec ses parents et ses frères et sœurs, perché au sommet d'un chêne robuste.

Un matin de printemps, tandis que la mère d'Asher cherchait de la nourriture, elle découvrit un petit œuf délicat sur le sol de la forêt. Pensant qu'il était abandonné, elle le rapporta soigneusement au nid, où il fut bientôt niché parmi les autres œufs. À l'éclosion, une surprise attendait la famille : une colombe blanche et duveteuse.

Initialement surpris par la présence de la colombe dans leur nid, les corbeaux l'observèrent avec méfiance, se demandant que penser de cet étranger. Mais au fil du temps, la colombe grandit aux côtés de ses frères et sœurs corbeaux, s'adaptant à leur mode de vie et apprenant à naviguer dans la forêt animée.

Cependant, malgré ses efforts pour s'intégrer, la colombe se sentait différente de ses compagnons corbeaux. Alors qu'ils se délectaient des bruyantes conversations de la forêt et des pitreries espiègles, la colombe aspirait à quelque chose de plus grand. Chaque fois qu'elle exprimait ce désir à sa famille de corbeaux, elle était raillée et ridiculisée, se sentant rejetée et isolée.

Consciente qu'elle était destinée à quelque chose de plus noble, la colombe fit face à la persécution et à la solitude avec résilience. Un jour, alors que le soleil illuminait le ciel, elle entendit le doux battement d'ailes familier. Levant les yeux, elle vit un magnifique troupeau de colombes voler en formation, leurs mouvements gracieux projetant des ombres sur le sol de la forêt.

Guidée par son instinct, la colombe s'élança dans les airs, rejoignant ses nouveaux compagnons. Elle ressentit alors un profond sentiment de paix et d'appartenance, réalisant qu'elle avait enfin trouvé sa véritable maison parmi les nuages.

Dès lors, la colombe vécut parmi les siens, embrassant sa nouvelle vie avec joie et gratitude. En planant dans les cieux, elle sut qu'elle avait découvert sa véritable vocation : vivre en harmonie avec ses semblables et répandre l'amour et la gentillesse partout où ses ailes la porteraient.

La Force du Cœur : L'Amitié de Winny et le Lion

Il était une fois, dans une ferme nichée au cœur des collines, un petit chat répondant au nom de Winny. Malgré sa taille modeste, Winny nourrissait de grands rêves : il aspirait à posséder la force et la puissance d'un lion.

Chaque jour, Winny arpentait la ferme, défiant les autres animaux dans des duels de force et d'habileté. Pourtant, malgré tous ses efforts, il se retrouvait invariablement surpassé par la taille imposante et la force des autres, qui se moquaient souvent de ses tentatives de rivaliser avec eux.

Mais Winny refusait de se laisser décourager. Convaincu qu'une victoire contre l'un des animaux de la ferme prouverait qu'il était digne du titre de lion, il persévérait dans sa quête.

Un jour, alors qu'il explorait les abords de la forêt, Winny fit la rencontre d'un magnifique lion. Imposant et fier, sa crinière flottant dans la brise, le lion suscita chez Winny un mélange d'envie et d'admiration.

Sans hésiter, Winny se lança, défiant le lion à un duel, les griffes dehors. "Je te défie en combat !" lança-t-il, bravache.

Le lion, amusé, observa Winny, ses yeux dorés pétillants de malice. "Pourquoi devrais-je perdre mon temps à me battre contre une créature si insignifiante ?" ricana-t-il. "Tu n'en vaux même pas la peine."

Malgré les moqueries du lion, Winny refusa de reculer. Il persista, déterminé à prouver sa valeur.

De plus en plus agacé par les provocations incessantes de Winny, le lion décida de mettre fin à cette farce une fois pour toutes. Dans un geste rapide, il se rua vers Winny, bien décidé à l'intimider et à le soumettre.

Mais alors qu'il avançait, sa patte heurta une épine dissimulée dans l'herbe, le faisant hurler de douleur. Sous le choc, Winny assista, médusé, à la chute du lion, qui se tenait la patte blessée.

Dans un premier temps, un sentiment de triomphe envahit Winny, croyant avoir réussi à terrifier le lion. Cependant, bientôt, un sentiment de culpabilité et de remords l'envahit. Sans hésitation, il se précipita au secours du lion, retirant délicatement l'épine et pansant sa blessure avec soin et compassion.

Alors que la douleur du lion s'apaisait, il regarda Winny avec gratitude et admiration. "Merci, mon ami," murmura-t-il d'une voix sincère. "Tu n'as peut-être pas la force d'un lion, mais tu possèdes un cœur rempli de courage et de gentillesse, ce qui est tout aussi remarquable."

À partir de ce jour, Winny et le lion devinrent les meilleurs amis du monde, partageant aventures et rires à la ferme. Même si Winny ne devint jamais le lion qu'il avait rêvé d'être, il découvrit quelque chose de bien plus précieux : le pouvoir de l'amitié et l'importance de l'humilité et de la compassion.

Vers un Nouveau Départ : L'Épopée de Billy et Jimmy

Il était une fois, dans un petit cottage confortable niché dans la campagne, vivait une petite souris nommée Billy. Billy rêvait depuis toujours d'être aimé des humains, tout comme le chat qui résidait dans la maison avec eux. Chaque jour, il observait le maître humain couvrir le chat d'affection, enviant ce même amour et cette même attention.

Déterminé à conquérir le cœur du maître humain, Billy se lança dans un voyage pour gagner ses affections. Mais chaque fois qu'il s'approchait de l'humain, celui-ci hurlait de peur et le chassait en lançant des objets dans sa direction. Découragé et meurtri, Billy se retirait dans sa cachette, se demandant s'il serait un jour capable de réaliser son rêve.

Malgré les nombreux revers auxquels il avait été confronté, Billy refusait d'abandonner. Jour après jour, il trouvait le courage d'approcher l'humain, espérant que cette fois-ci serait différente. Mais à chaque fois, il rencontrait la même réponse effrayante.

Puis un jour, une lueur d'espoir illumina Billy sous la forme de Jimmy, le neveu du maître humain. Jimmy était un garçon au cœur généreux qui aimait profondément les animaux. Il possédait une collection d'animaux de compagnie chez lui et les traitait tous avec soin et affection.

Un après-midi fatidique, alors que Billy se précipitait autour du chalet à la recherche de nourriture, un désastre survint. Le chat, poussé par son instinct, se jeta sur Billy, ses griffes acérées causant une grande douleur à la petite souris.

Mais juste au moment où Billy pensait que tout espoir était perdu, Jimmy apparut sur les lieux. Avec des mains douces, il ramassa la souris blessée et soigna attentivement ses blessures, lui montrant la gentillesse et la compassion dont il avait toujours rêvé.

À partir de ce moment, Billy devint l'animal de compagnie bien-aimé de Jimmy, vivant à ses côtés dans sa maison remplie de chaleur et d'amour. Billy n'avait plus à rêver d'être aimé des humains – il avait trouvé sa place dans le cœur de Jimmy, où il serait toujours chéri et pris en charge. Alors qu'il se blottissait dans sa nouvelle maison confortable, entouré d'amour, Billy savait que son rêve était enfin devenu réalité.

La sagesse du berger

Il était une fois, dans une prairie verdoyante encastrée dans un paysage vallonné, vivaient trois moutons curieux nommés Fluffy, Leny et Cotton. Ces trois brebis n'étaient pas votre troupeau ordinaire ; ils étaient remplis d'un désir ardent de découvrir les secrets de la sagesse.

Un matin ensoleillé, alors qu'ils broutaient paresseusement dans la prairie, Fluffy eut une idée. "Pourquoi ne nous lancerions-nous pas dans une aventure pour découvrir les secrets de la sagesse ?" suggéra-t-elle, les yeux pétillants d'excitation.

Leny et Cotton hochèrent la tête avec impatience, ravis à la perspective d'une telle aventure. C'est ainsi que, le cœur plein d'espoir et d'anticipation, les trois moutons se sont lancés dans leur quête.

Leur voyage les a menés à travers des vallées verdoyantes, des ruisseaux murmurants et des montagnes imposantes. En cours de route, ils ont rencontré de nombreux obstacles et défis, mais ils ont affronté chacun d'entre eux avec courage et détermination. Chaque créature rencontrée partageait ses propres pépites de sagesse avec les moutons avides, leur enseignant de précieuses leçons sur la vie, l'amour et la foi.

Mais malgré leurs rencontres, les secrets de la sagesse échappaient toujours aux moutons. Frustrés et découragés, ils envisagèrent de faire demi-tour. Mais ensuite, une nuit au clair de lune, alors qu'ils se reposaient sous une couverture d'étoiles, ils reçurent la visite d'un doux berger.

Le berger ne ressemblait à aucun de ceux qu'ils avaient jamais rencontrés auparavant. Ses yeux pétillaient de gentillesse et de sagesse, et sa voix était remplie de chaleur et de compassion. Il écouta attentivement les moutons partager leur quête, puis, avec un sourire, il parla. « Les secrets de la sagesse ne peuvent être trouvés dans des pays lointains ou dans des trésors cachés », expliqua le berger. "La vraie sagesse vient de l'intérieur – elle se trouve dans la gentillesse, la compassion et l'amour."

Avec ces mots, les brebis réalisèrent la vérité des paroles du berger. Ils cherchaient la sagesse aux mauvais endroits, alors qu'elle était toujours là, en eux.

Remplis d'un nouveau sentiment de compréhension, Fluffy, Leny et Cotton rentrèrent chez eux dans la prairie, le cœur débordant de joie et de contentement. Et alors qu'ils broutaient paisiblement dans la lumière dorée de l'aube, ils savaient que leur plus grande aventure avait été de découvrir la sagesse qui habitait dans leur propre cœur.

Surmonter les Tentations de la Mauvaise Compagnie

Il était une fois, dans un village animé niché au cœur des collines, un jeune lapin du nom de Robbie. Connu pour son bon cœur et sa nature douce, Robbie était apprécié de tous dans le village. Ses journées étaient rythmées par l'exploration des champs, l'aide apportée à ses voisins et la diffusion de la joie partout où il allait.

Un jour, alors qu'il errait dans la forêt à la lisière du village, Robbie fit la rencontre d'un groupe de lapins connus pour leur espièglerie. Ils étaient réputés pour semer le chaos et jouer des tours à ceux qui croisaient leur chemin. Malgré les avertissements de ses parents et des aînés du village sur les dangers de fréquenter de mauvaises compagnies, Robbie se sentit attiré par l'excitation et l'aventure que ces lapins promettaient.

Dans un premier temps, les nouveaux amis de Robbie semblaient divertissants. Ensemble, ils jouaient des tours aux animaux du village, séchaient l'école et désobéissaient aux règles établies par leurs parents. Robbie se laissait emporter par cette liberté nouvelle et exaltante, oubliant les valeurs qui lui avaient été inculquées.

Cependant, au fil du temps, Robbie commença à percevoir un changement en lui-même. Il devenait de plus en plus désobéissant, irrespectueux et insouciant. Il mentait à ses parents, négligeait ses responsabilités et s'éloignait des valeurs qui lui étaient chères. Malgré son malaise intérieur, Robbie refusait d'admettre qu'il s'était égaré.

Un jour, alors qu'il jouait avec ses nouveaux compagnons dans la forêt, Robbie rencontra un groupe de lapins plus âgés, respectés pour leur sagesse et leur intégrité. Contrairement à ses amis actuels, ces lapins étaient bienveillants, honnêtes et respectueux. Ils incarnaient les valeurs de l'amour et de la compassion, ce qui contraria Robbie.

En observant ces lapins plus âgés, Robbie ressentit un profond sentiment de nostalgie. Il se rendit compte que ce qui lui manquait le plus était le sentiment d'appartenance à une communauté où règnent la gentillesse et la bonté. Il prit alors la décision difficile de se séparer de ses anciens amis et de rechercher la compagnie des lapins plus âgés.

Malgré les tentatives de ses anciens compagnons pour le ramener à leurs côtés, Robbie resta ferme dans sa détermination. À mesure qu'il passait plus de temps avec les lapins plus âgés, il se sentait transformé. Il retrouva le respect, la responsabilité et la compassion qu'il avait perdus, et travailla dur pour réparer les erreurs passées.

Robbie apprit ainsi une leçon précieuse sur l'importance de choisir de bonnes compagnies et de s'entourer d'influences positives. Il comprit que même si la mauvaise compagnie peut sembler séduisante au début, elle conduit finalement à la corruption et au chagrin. En revanche, entouré d'individus bienveillants et vertueux, il put cultiver un caractère empreint de bonté et de grâce.

Ainsi, Robbie vécut heureux pour toujours, sachant qu'il avait trouvé une véritable amitié et une véritable appartenance auprès de ceux qui partageaient ses valeurs.

La Révélation de M. Benjamin : Une Transformation Divine

Il était une fois, au cœur d'une ville animée, où se dressaient d'imposants gratte-ciels et où les rues grouillaient de vie, vivait un homme riche nommé M. Benjamin. Sa richesse immense et son style de vie luxueux faisaient de lui une figure célèbre et enviée. Résidant dans un vaste manoir, se délectant des mets les plus fins et arborant des vêtements exquis, il incarnait l'opulence et la réussite. Cependant, derrière cette façade d'abondance se cachait un homme égoïste, arrogant et dénué de compassion. Indifférent aux besoins des autres, il dédaignait les moins fortunés et accumulait sa richesse sans jamais songer à partager.

Mais un jour funeste, le destin de M. Benjamin bascula. Terrassé par une maladie grave, il fut transporté en urgence à l'hôpital et plongé dans un coma profond. Dans cet état de semi-conscience, il connut une vision bouleversante. Se retrouvant soudainement démuni, vêtu de guenilles et souffrant de la faim et de la maladie, il revint à son somptueux manoir, seulement pour le trouver occupé par des étrangers qui lui fermèrent la porte au nez. Dans sa détresse, il mendia pitoyablement de l'aide, mais ses supplications restèrent vaines.

Dans un élan de désespoir, M. Benjamin en appela à Dieu, lui demandant pourquoi il avait été abandonné et condamné à souffrir ainsi. À sa grande stupeur, il reçut une réponse divine, dévoilant la vérité sur son égoïsme et son arrogance. Dieu lui montra comment il avait dilapidé sa richesse et ignoré les souffrances des autres, lui rappelant son absence de compassion envers les plus démunis. Accablé de regrets et de remords, M. Benjamin implora pardon et une chance de se racheter. Touché par sa sincérité, Dieu exauça sa requête et il se réveilla de son coma, métamorphosé.

Désormais animé d'un esprit renouvelé et d'un cœur empreint de compassion, M. Benjamin consacra sa vie à soulager la détresse des nécessiteux et à servir son prochain. Il mit sa fortune au service des affamés, des démunis et des sans-abri, semant l'espoir et la guérison autour de lui. Dès lors, il vécut dans l'humilité et la générosité, mettant ses richesses au service du bien commun et diffusant l'amour et la bienveillance partout où il passait. Ainsi, celui qui avait autrefois été égaré dans l'égoïsme et l'orgueil trouva la rédemption en consacrant sa vie au service des autres avec amour et compassion.

La Course d'Éclair vers la Liberté

Il était une fois, dans une campagne paisible, parsemée de collines ondoyantes et de prairies verdoyantes, qu'habitait un magnifique cheval nommé Éclair. Imposant, noble, il était l'objet de l'admiration de tous ceux qui croisaient son chemin. Travaillant sans relâche aux côtés des autres animaux de la ferme, Éclair labourait les champs et tirait des charrettes pour son maître humain.

Pourtant, malgré sa force et sa majesté, Éclair aspirait à quelque chose de plus. Il rêvait de parcourir librement les vastes étendues, de sentir le vent caresser sa crinière et le soleil réchauffer son dos. Au plus profond de son être, il savait qu'il était destiné à une existence plus grande que celle d'une simple bête de somme.

Un jour, alors qu'il se tenait dans les champs aux côtés de ses congénères, Éclair observa une nuée d'oiseaux planant au-dessus de lui, tournoyant gracieusement dans le ciel infini. Contemplant leur liberté, une étincelle s'alluma dans l'âme d'Éclair, un désir ardent de ressentir la même félicité que ces créatures célestes.

Décidé à échapper à sa vie d'emprisonnement à la ferme, Éclair élabora un plan d'évasion. Profitant de l'obscurité, il défit avec précaution les cordes qui le maintenaient captif dans son écurie et s'élança silencieusement dans la nuit.

Alors que Éclair galopait à travers champs, son cœur bondissait d'allégresse. Sa course s'accélérait, ses sabots battant le sol avec force, comme s'il cherchait à s'arracher à la terre pour rejoindre le firmament. À chaque foulée, une sensation nouvelle de liberté et de bonheur l'envahissait.

Mais sa fuite ne passa pas inaperçue bien longtemps. Bientôt, les ouvriers agricoles découvrirent sa disparition et se mirent à sa poursuite, déterminés à le ramener à la ferme. Malgré les obstacles qui se dressaient sur sa route, Éclair ne faiblit pas. Il franchit les clôtures, traversa les bois et franchit les cours d'eau, sa détermination inébranlable le guidant à travers les épreuves.

Finalement, il parvint à s'échapper vers une vaste plaine ouverte. Avec un hennissement triomphant, il galopa à travers les herbes, son cœur battant la chamade de joie alors qu'il embrassait la liberté tant désirée.

Dès lors, Éclair sillonna la campagne tel un symbole de force, de courage et de résolution. Malgré les défis rencontrés en chemin, il ne perdit jamais de vue son rêve de liberté, luttant sans relâche pour le transformer en réalité.

Et tandis qu'il galopait sous le ciel infini, Éclair savourait enfin la vie à laquelle il était destiné : une existence empreinte de liberté, de but et de joie.

Le cœur inventif d'Amani

Dans un modeste bidonville, niché au cœur de l'Afrique, résidait une jeune fille nommée Amani. Malgré les difficultés financières auxquelles elle faisait face, Amani possédait un esprit curieux et un cœur débordant de créativité. Elle transformait habilement les débris trouvés dans le bidonville en de magnifiques œuvres d'art et en inventions astucieuses. Ses talents étaient reconnus et admirés par ses voisins, qui étaient souvent émerveillés par son ingéniosité.

Cependant, la vie dans le bidonville était loin d'être facile pour Amani et sa famille. Ils luttaient pour joindre les deux bouts, et Amani rêvait de trouver un moyen d'aider sa communauté à sortir de la précarité.

Un jour, alors qu'elle arpentait les rues du bidonville, Amani découvrit une vieille pompe à eau abandonnée et en ruine. Sachant que l'accès à l'eau potable était un défi constant pour sa communauté, une idée germa dans son esprit.

Déterminée à faire une différence, Amani entreprit de réparer la pompe à eau. Pendant des semaines, elle travailla avec acharnement, expérimentant et bricolant, mettant à profit ses connaissances en mécanique et sa créativité pour redonner vie à l'appareil défaillant.

Après de nombreux essais et erreurs, Amani parvint enfin à réparer la pompe à eau. Mais elle ne s'arrêta pas là. Avec ingéniosité, elle ajouta un système de filtration qui purifiait l'eau, la rendant ainsi potable.

Lorsque Amani présenta son invention à la communauté, tous furent stupéfaits. Pour la première fois depuis des années, de l'eau propre et salubre jaillissait de la pompe, offrant un précieux soulagement aux habitants du bidonville. La nouvelle se répandit rapidement, et le nom d'Amani fut célébré dans tout le quartier.

Cependant, l'ingéniosité d'Amani ne s'arrêta pas là. Encouragée par le succès de sa première invention, elle continua à utiliser ses talents pour améliorer la vie de sa communauté. Elle conçut des lampes solaires pour éclairer les rues sombres, créa des systèmes d'irrigation pour les agriculteurs locaux, et développa même un poêle à faible coût utilisant des sources d'énergie renouvelables.

Grâce aux inventions d'Amani, la communauté commença à prospérer d'une manière qu'ils n'avaient jamais imaginée possible. De jeune fille pauvre dans un bidonville, Amani devint une source d'espoir et d'inspiration pour tous ceux qui la connaissaient. Par sa créativité, sa compassion et sa foi inébranlable, elle avait non seulement transformé sa propre vie, mais aussi celle de nombreuses autres personnes de sa communauté.

Le Berger Vaillant

Dans les collines d'une campagne pittoresque, résidait un humble berger nommé Dave. Dave était un homme au bon cœur et au dévouement sans faille envers son troupeau de moutons. Chaque jour, il les guidait vers les pâturages verdoyants où ils pouvaient paître en toute quiétude, veillant sur eux avec attention durant leur repos nocturne, les protégeant des éventuels dangers.

Un soir, alors que le soleil déclinait à l'horizon et que les étoiles pointaient leur éclat dans le ciel, Dave ressentit un changement dans l'atmosphère. Un frisson parcourut son échine, une sensation de malaise s'installa en lui. Son instinct lui soufflait qu'un danger approchait à grands pas.

Et en effet, alors que Dave scrutait l'horizon, il aperçut une paire d'yeux luisants au loin. Un loup féroce avait repéré le troupeau de Dave et se dirigeait vers lui avec une intention meurtrière.

Sans hésiter, Dave passa à l'action. Il rassembla ses fidèles chiens de berger et se munit d'un solide bâton, prêt à défendre ses moutons coûte que coûte. Alors que le loup s'approchait, Dave se tint debout, son cœur battant la chamade d'adrénaline, prêt à affronter le redoutable prédateur.

Avec un grognement féroce, le loup fonça, ses crocs acérés découverts et ses griffes prêtes à l'attaque. Mais Dave resta stoïque, ses yeux brillants de détermination alors qu'il affrontait courageusement la bête. D'un geste vif et déterminé, il lança son bâton, repoussant le loup et le contraignant à battre en retraite dans les ténèbres.

Malgré la confrontation ardue, le courage et la vigilance de Dave avaient préservé son troupeau d'une catastrophe imminente. Alors qu'il rassemblait ses moutons tremblants autour de lui, un sentiment de fierté et de gratitude l'envahit. Il était conscient d'avoir été désigné par Dieu pour veiller sur ses brebis, et il s'engagea à poursuivre cette mission avec un dévouement inébranlable.

Dès lors, la renommée de Dave en tant que berger courageux et dévoué se répandit dans toute la région. Son histoire rappelait avec éloquence l'importance de l'altruisme, du courage et de la confiance en la protection divine. Tandis que Dave veillait sur son précieux troupeau sous le ciel étoilé, il savait qu'il remplissait son rôle de gardien des créatures de Dieu.

La Force de la Gentillesse

Dans la ville animée du Yorkshire, entre les ruelles sinueuses et les imposants bâtiments, résidaient deux jeunes filles dont les destins semblaient être à l'opposé l'un de l'autre. Arielle, douce et bienveillante, répandait autour d'elle chaleur et compassion. Son cœur débordait d'amour pour autrui, et elle cherchait toujours à apporter joie et réconfort à ceux qui l'entouraient.

En revanche, Morgane était connue dans tout le village pour son comportement malveillant. Jalouse de la bonté d'Arielle, Morgane ourdissait des plans pour lui causer du tort et du malheur. Avec un sourire moqueur et un air rusé, elle prospérait en semant l'obscurité autour d'elle.

Un jour, alors qu'Arielle se promenait sur la place de la ville, Morgane s'approcha d'elle avec une lueur malveillante dans les yeux. "Eh bien, si ce n'est pas la petite Miss Parfaite," ricana Morgane. "Tu répands toujours ta gentillesse écœurante partout où tu vas. Tu ne te lasses jamais d'être si dégoûtante et gentille ?"

Arielle sourit simplement et secoua la tête. "Je crois que la gentillesse est la force la plus puissante au monde", répondit-elle doucement. "Et je ne me lasserai jamais de répandre l'amour et la compassion envers ceux qui en ont besoin."

Furieuse de l'inébranlable bonté d'Arielle, Morgane élabora un plan pour ternir sa réputation et la faire tomber une fois pour toutes. Elle répandit des rumeurs et des mensonges sur Arielle, retournant la ville contre elle et semant la discorde partout où elle allait. Mais malgré tous les efforts de Morgane, Arielle resta ferme dans son engagement envers l'amour et le pardon.

Au fil des jours, la gentillesse d'Arielle commença à toucher le cœur de ceux qui l'entouraient, y compris celui de Morgane. Au fond d'elle-même, sous son extérieur endurci, Morgane aspirait à l'amour et à l'acceptation que si librement offrait Arielle aux autres. Et dans un surprenant retournement de situation, c'est l'amour inébranlable et le pardon d'Arielle qui finalement changèrent le cœur de Morgane.

Un jour, alors qu'Arielle tendait une main d'amitié à Morgane, lui offrant son pardon pour tout le mal qu'elle avait causé, Morgane fondit en larmes. "Je suis désolée," murmura-t-elle, la voix tremblante d'émotion. "Je n'avais pas réalisé jusqu'à présent combien de douleur je causais. Me pardonneras-tu ?"

Les larmes aux yeux, Arielle embrassa Morgane, l'enveloppant d'une chaleureuse étreinte. "Bien sûr, je te pardonne," dit-elle doucement. "Et je serai toujours là pour toi, quoi qu'il arrive."

À partir de ce jour, le cœur de Morgane fut transformé par l'amour et le pardon d'Arielle. Ensemble, elles s'engagèrent dans un voyage de guérison et de réconciliation, répandant gentillesse et compassion dans toute la ville du Yorkshire et au-delà. Et tandis qu'elles marchaient main dans la main, surmontant le mal par le bien, leur lien se renforça, prouvant que même les cœurs les plus sombres peuvent être rachetés par le pouvoir de l'amour.

La grâce abondante de Dieu

Il était une fois, dans un petit village niché au cœur des collines, la modeste famille Carter. Monsieur et Madame Carter travaillaient sans relâche pour subvenir aux besoins de leurs trois enfants, Sarah, David et Emily. Malgré leurs efforts, les temps étaient durs et la famille peinait souvent à joindre les deux bouts.

Un jour, alors que les Carter faisaient face à un nouvel obstacle financier, un quelqu'un frappa à leur porte. À leur grande surprise, c'était leur voisine, Madame Thompson, tenant un panier rempli de légumes frais de son jardin.

"Prenez ceci, s'il vous plaît", déclara Madame Thompson avec un sourire bienveillant. "J'ai entendu parler de vos difficultés et je veux vous aider autant que possible."

Des larmes emplirent les yeux de Madame Carter alors qu'elle acceptait ce généreux présent. Reconnaissants pour la gentillesse de Madame Thompson, les Carter partagèrent une prière sincère de remerciement, invoquant la bénédiction de Dieu sur leur généreuse voisine.

Inspirés par l'acte de gentillesse de Madame Thompson, les Carter décidèrent de payer cela de l'avant. Malgré leurs propres défis financiers, ils cherchèrent des moyens d'aider ceux dans le besoin. Ils offrirent de la nourriture au garde-manger local, donnèrent de leur temps en bénévolat au refuge pour sans-abri, et tendirent une oreille compatissante à ceux en détresse.

Avec le temps, la foi des Carter en la providence de Dieu se fortifia. Malgré leurs ressources limitées, ils étaient convaincus que Dieu pourvoirait à leurs besoins tout en leur permettant de donner généreusement aux autres.

Puis, un jour miraculeux, les Carter reçurent une bénédiction inattendue. Une lettre arriva par la poste, annonçant à Monsieur Carter qu'il avait reçu une offre d'emploi avec un salaire plus élevé. Ravis et reconnaissants, ils remercièrent Dieu pour sa provision et la bienveillance de leurs voisins.

Avec leur nouvelle stabilité financière, les Carter continuèrent à donner généreusement, partageant leurs bénédictions avec ceux dans le besoin. Grâce à leurs actes de gentillesse et d'altruisme, ils connurent à maintes reprises la providence miraculeuse de Dieu.

Ainsi, les Carter apprirent une leçon précieuse sur le pouvoir de la générosité et de la confiance en la providence de Dieu. Leur voyage leur enseigna que même dans les moments d'incertitude, Dieu demeure fidèle pour subvenir aux besoins de ses enfants, et que donner généreusement permet de recevoir ses bénédictions en abondance.

Finn le dauphin

Dans les eaux cristallines de l'océan, résidait un groupe de dauphins réputés pour leur agilité et leur rapidité. Parmi eux se trouvait Finn, un dauphin espiègle qui adorait les courses. Renommé pour ses astuces rusées et ses manœuvres sournoises, il cherchait toujours à prendre l'avantage sur ses rivaux.

Un jour ensoleillé, le groupe se rassembla pour une course amicale le long du récif de corail. Les dauphins se positionnèrent avec impatience, prêts à tester leur vitesse et leurs compétences. Finn, les yeux brillants, élabora sa stratégie, déterminé à remporter la victoire à tout prix.

Au début de la course, Finn se lança en avant, traversant l'eau avec grâce. Mais au lieu de compter sur sa propre vitesse, il recourut à des tactiques sournoises, créant des vagues et des éclaboussures pour ralentir ses rivaux. Pendant ce temps, les autres dauphins filèrent en avant, concentrés sur la victoire. Parmi eux se trouvait Lucas, un dauphin honnête et intègre, déterminé à faire de son mieux dans la course.

Cependant, les manigances de Finn finirent par se retourner contre lui. En tentant de piéger ses rivaux, il se retrouva coincé dans un enchevêtrement d'algues et de rochers. Incapable de se libérer, il se sentit piégé et impuissant, sa fierté blessée et son esprit secoué. Témoin de sa détresse, ses rivaux, y compris Lucas, vinrent à son secours. Malgré les tricheries passées de Finn, ils ne purent le laisser dans cette situation. Avec compassion et esprit d'équipe, ils travaillèrent ensemble pour le libérer du piège, le mettant en sécurité.

Honteux et humilié par leur gentillesse en dépit de sa mechancété, Finn regarda ses rivaux avec sincérité. "Je suis désolé", murmura-t-il. "J'ai eu tort de tricher pendant la course. Merci de m'avoir sauvé."

Acceptant les excuses de Finn, le groupe reprit la course, cette fois avec un nouveau sentiment de camaraderie et de respect. Alors qu'ils naviguaient à travers les courants océaniques, Finn réalisa l'importance de l'honnêteté et de l'intégrité. Il jura de ne plus jamais tricher, choisissant plutôt de courir avec honneur et intégrité comme ses camarades dauphins.

Ainsi, alors que le soleil se couchait à l'horizon et que le groupe nageait en harmonie, Finn apprit une précieuse leçon sur l'importance de l'intégrité et le pouvoir du pardon. Dès lors, il courut avec honnêteté et intégrité, gagnant le respect et l'admiration de ses congénères dauphins.

L'Ambition Démesurée : Leçon d'Humilité

Il était une fois, dans une ville animée, un jeune garçon du nom d'Ethan. Renommé pour son ambition débordante et sa quête incessante de succès, Ethan nourrissait le rêve de devenir le plus grand athlète de la ville, prêt à tout pour atteindre son objectif. Chaque jour, il s'entraînait ardemment, repoussant ses limites sans relâche et reléguant toute autre chose au second plan. Se vantant souvent de ses compétences, il méprisait ses pairs, les considérant comme de simples obstacles sur sa route vers la grandeur.

L'annonce d'une compétition sportive prestigieuse dans la ville offrit à Ethan l'opportunité tant attendue de prouver sa valeur au monde. Déterminé à exceller, il redoubla d'efforts dans son entraînement, ignorant les besoins de son entourage pour se concentrer uniquement sur sa réussite personnelle.

À mesure que le jour de la compétition approchait, l'ambition d'Ethan atteignait des sommets vertigineux. Prêt à tout pour remporter la victoire, il n'hésita pas à envisager des actions discutables, y compris la sabotage de ses camarades concurrents.

Le jour tant attendu de la compétition, l'égoïsme et l'ambition d'Ethan éclatèrent au grand jour. Poussant et bousculant ses concurrents, ignorant les règles établies, il ne montra aucune pitié envers quiconque osait se mettre sur son chemin.

Pourtant, alors qu'Ethan se précipitait vers la ligne d'arrivée, un événement inattendu se produisit. Il trébucha et chuta, voyant ses rêves de gloire lui échapper subitement. Allongé au sol, vaincu et humilié, Ethan prit conscience du prix exorbitant de son ambition démesurée.

Dans cet instant de défaite, Ethan réalisa l'erreur fondamentale de son comportement. Il comprit que la véritable grandeur ne pouvait être atteinte par l'égoïsme et la cupidité, mais seulement par l'humilité et la gentillesse envers les autres.

Dès lors, Ethan s'engagea à changer ses habitudes. Il présenta ses excuses à ceux qu'il avait lésés et se consacra à aider les autres à atteindre leurs objectifs. Même s'il n'avait pas remporté la compétition, Ethan avait acquis quelque chose de bien plus précieux : un cœur transformé par le pouvoir de l'amour et de la compassion.

Quittant la compétition, Ethan savait qu'il n'était plus défini par son ambition démesurée, mais par la gentillesse et l'intégrité qui remplissaient désormais son âme. Bien que son chemin vers la grandeur puisse avoir pris une tournure différente, Ethan était enfin sur la voie de la droiture et de la grâce.

Les Paroles du Sage

Il était une fois un groupe d'animaux qui adoraient bavarder sans fin toute la journée. Parmi eux se trouvait un perroquet bavard nommé Polly, qui ne semblait jamais se fatiguer de battre des ailes et de crier bruyamment. Un jour, alors que les animaux se rassemblaient dans la clairière au cœur de la forêt, un vieux hibou sage nommé Oliver se posa sur une branche au-dessus d'eux. Avec un hululement solennel, il s'adressa à la foule : "Mes chers amis, aujourd'hui nous allons apprendre la valeur de la sagesse dans nos paroles." Curieux, les animaux se penchèrent plus près pour écouter Oliver poursuivre son récit.

"Dans la forêt voisine, vivait autrefois un écureuil espiègle nommé Sammy. Sammy avait l'habitude de répandre des rumeurs et des mensonges sur ses compatriotes habitants de la forêt. À chaque histoire qu'il racontait, les mots de Sammy devenaient de plus en plus forts, jusqu'à ce qu'ils éclipsent la vérité comme le plus grand arbre de la forêt."

Les animaux hochèrent la tête en signe de compréhension, car ils connaissaient trop bien les dégâts que des mots imprudents pouvaient causer.

"Mais un jour," continua Oliver, "les mensonges de Sammy le rattrapèrent. Les animaux de la forêt se lassèrent de son comportement trompeur et décidèrent de le confronter. Alors que Sammy tentait de se sortir du pétrin, il se retrouva piégé dans une toile qu'il avait elle-même tissée, sans personne vers qui se tourner pour obtenir de l'aide."

Les animaux haletaient d'horreur à l'idée du pauvre Sammy pris dans une telle situation difficile. "Mais juste au moment où tout semblait perdu", dit Oliver avec un clin d'œil, "une vieille tortue sage nommée Timothy s'avança. Avec une voix douce et un cœur bon, Timothy prononça des paroles de vérité et de sagesse qui traversèrent la toile enchevêtrée de Sammy comme un rayon de soleil perçant les ténèbres."

Tandis que les animaux écoutaient attentivement, Oliver conclut : "Et ainsi, mes chers amis, souvenons-nous de la leçon de Sammy l'écureuil. Parlons avec sagesse et gentillesse, car nos paroles ont le pouvoir de construire ou de détruire, de guérir ou de nuire. Puissions-nous toujours choisir judicieusement, car la vraie sagesse ne réside pas seulement dans ce que nous disons, mais aussi dans la manière dont nous le disons."

La Beauté de la Différence

Il était une fois, dans un jardin luxuriant, deux graines furent plantées côte à côte. L'une d'elles, nommée Grande, s'épanouit rapidement en une plante robuste et majestueuse, s'élevant fièrement vers le ciel. En revanche, la deuxième graine, appelée Broussailleux, lutta pour croître comme son compagnon. Au lieu de cela, elle donna naissance à une plante courte et touffue, se sentant petite et insignifiante à côté de Grande. Chaque jour, alors que le soleil baignait le jardin de sa lumière chaleureuse, Grande se balançait gracieusement dans la brise, tandis que Broussailleux regardait avec envie depuis le bas. Elle aspirait à être aussi grande et majestueuse que Grande, mais peu importe ses efforts, elle demeurait petite et touffue.

Un jour, une tempête s'abattit sur le jardin, avec des vents violents menaçant d'arracher les plantes de leurs racines. Solide et résistant, Grande tint bon face à la tempête. En revanche, Broussailleux, avec sa petite taille, fut secouée et retournée par le vent, se sentant vulnérable et effrayée. Une fois la tempête apaisée et le soleil réapparu derrière les nuages, Broussailleux se sentit vaincue et sans valeur. Mais bientôt, elle remarqua quelque chose d'extraordinaire. Malgré avoir été secouée par la tempête, elle avait offert un refuge à une famille de minuscules insectes. Sous ses feuilles touffues, ils avaient trouvé sécurité et protection contre les vents déchaînés.

À ce moment-là, Broussailleux réalisa sa véritable valeur. Bien qu'elle ne fût pas aussi grande que Grande, elle avait offert abri et réconfort à ceux qui en avaient besoin. Avec une confiance retrouvée, Broussailleux se tint fièrement, embrassant ses qualités uniques et s'acceptant tel qu'elle avait été créée.

Dès lors, Broussailleux ne se sentit plus inférieure ni insignifiante. Elle comprit que chaque plante du jardin avait son utilité et sa beauté propre, et elle assuma son rôle avec fierté. Alors qu'elle se prélassait sous la douce lueur du soleil, Broussailleux savait qu'elle était aimée et appréciée telle qu'elle était.

La Lumière de la Foi : L'Incroyable Histoire de Matthew

Dans une petite ville nichée au cœur des collines, résidait un jeune garçon nommé Matthew. Né aveugle, il n'avait jamais eu le privilège de contempler les couleurs chatoyantes du monde ni les visages de ses proches. Malgré cette privation, son cœur était empreint de foi et son esprit illuminé d'espoir.

Matthew nourrissait une profonde affection pour les récits bibliques. Chaque jour, il s'installait dans sa chambre et écoutait attentivement les enregistrements audio des Écritures, laissant les mots s'écouler comme une mélodie apaisante.

Un après-midi radieux, alors qu'il était plongé dans l'histoire de Jésus guérissant un homme aveugle, un miracle se produisit. Alors que le narrateur décrivait la scène où Jésus imposait les mains à l'aveugle et lui rendait la vue, Matthew ressentit une chaleur l'envahir, tandis qu'une sensation de picotement parcourait son corps.

À cet instant précis, une montée de foi s'empara de Matthew. Les mains tremblantes, il tendit la main vers le son de la voix du narrateur, croyant de toutes ses forces qu'il pouvait lui aussi être guéri.

Soudain, c'est arrivé. Un éclat de lumière baigna la vision de Matthew et, pour la première fois de sa vie, il contempla le monde qui l'entourait dans toute sa splendeur. Les couleurs dansaient devant ses yeux, et les visages de sa famille le remplirent de joie.

Submergé de gratitude, Matthew s'agenouilla, des larmes de joie coulant sur ses joues tandis qu'il louait Dieu pour cette guérison miraculeuse. Dès lors, la vie de Matthew fut métamorphosée. Délivré des ténèbres, il entreprit de découvrir le monde qui l'entourait, avide de connaître toutes les merveilles qui l'attendaient.

Parcourant les rues de sa ville, le cœur empli de reconnaissance et les yeux brillants d'une nouvelle vision, Matthew devint un témoignage vivant de la puissance de la foi et des miracles qui peuvent s'accomplir lorsque nous croyons aux promesses de Dieu. Partout où il allait, il partageait son histoire, semant espoir et inspiration sur son passage.

L'amour au-delà des richesses

Dans la cité animée de Brooksville résidait un homme opulent nommé André. Malgré sa fortune immense et son train de vie luxueux, André était tourmenté par un sentiment profond de solitude et de vide au sein de son être. Son désir ardent était de trouver l'amour véritable – quelqu'un qui l'apprécierait pour sa personne, et non pour sa richesse.

Un jour, André prit une décision audacieuse. Il entreprit un périple à la recherche de l'amour authentique, laissant derrière lui sa fortune et son rang pour chercher une connexion sincère avec quelqu'un qui l'apprécierait pour lui-même.

André engagea un sans-abri du nom d'Étienne pour échanger leurs places. Étienne se fit passer pour le riche David, tandis qu'André se travestit en humble serviteur d'Étienne. Ensemble, ils se lancèrent dans une ville lointaine où André demeurait inconnu, dans l'espoir de découvrir l'amour sans l'ombre de sa richesse.

Lors d'une soirée glamour dans cette nouvelle cité, André observa les convives se précipiter vers Étienne, le croyant être l'homme riche. Malgré son attirail tape-à-l'œil, André passa inaperçu dans son déguisement de serviteur – jusqu'à ce qu'il capte l'attention d'une jeune femme belle et bienveillante nommée Pauline.

Pauline perçut au-delà de la modeste apparence d'André et fut séduite par sa véritable gentillesse et son authenticité. Ils dansèrent toute la nuit et tissèrent un lien profond, ignorant chacun la véritable identité de l'autre.

Au fil des jours devenant semaines, André et Pauline se rapprochèrent, partageant leurs espoirs, leurs rêves et leurs aspirations. Cependant, André était rongé par la culpabilité de sa supercherie, redoutant le rejet de Pauline si elle découvrait la vérité. Lorsque finalement Pauline apprit la véritable identité d'André, elle se sentit trahie et meurtrie. André implora son pardon, promettant de réparer son mensonge.

Déterminé à regagner la confiance de Pauline, André entreprit une introspection profonde sur sa propre vie et ses valeurs. Il réalisa que le véritable bonheur ne résidait pas dans la richesse ou le statut, mais dans l'acte d'aider les autres et de faire une différence positive dans le monde. Animé par un désir sincère de redonner et de contribuer, ils s'efforcèrent ensemble de soutenir les sans-abri et d'élever les plus démunis de leur communauté.

Alors qu'André se plongeait dans des actes de générosité et de bonté, il découvrit un nouveau sens du but et de l'accomplissement. Pauline, percevant la bonté au cœur d'André, lui accorda son pardon et le réintégra dans sa vie.

Unis par leurs valeurs communes et leur engagement envers le service aux autres, André et Pauline se lancèrent dans un voyage d'amour et de compassion, consacrant leur existence à rendre le monde meilleur, un geste de bonté à la fois.

La règle d'or

Il était une fois, dans une petite ville, un garçon espiègle nommé Philippe. Il prenait plaisir à se moquer de ses camarades de classe, en particulier de Mathias, qui avait des oreilles anormalement grandes. Les railleries de Philippe rendaient Mathias embarrassé et triste.

Un jour, la famille de Philippe déménagea dans un autre État où il ne connaissait personne. Dans sa nouvelle école, il rencontra un garçon grand et fort qui le traitait de la même manière qu'il traitait Mathias. Incapable de résister à l'influence de cet intimidateur, Philippe se sentit honteux, embarrassé et triste.

Pendant la période des fêtes, Philippe retourna dans sa ville natale pour rendre visite à ses grands-parents. Là, il retrouva ses anciens amis, dont Mathias. Alors qu'il s'approchait de Mathias, Philippe remarqua le malaise dans les yeux de ce dernier. Déterminé à réparer les choses, Philippe arrêta Mathias et s'excusa pour la façon dont il l'avait traité. Il avoua que ses nouveaux camarades de classe le traitaient de la même manière et comprit à quel point cela lui faisait mal.

Ému par la sincérité de Philippe, Mathias lui pardonna. À partir de ce jour, Philippe fit preuve de plus d'empathie et de compassion envers les autres. Il cessa de se moquer et de taquiner ses camarades de classe, réalisant l'importance de traiter les autres comme il aurait aimé être traité.

L'histoire de Philippe nous enseigne à tous une leçon précieuse : la règle d'or : traitez les autres comme vous aimeriez être traité. Grâce à la gentillesse et à la compréhension, nous pouvons créer un monde où chacun se sent respecté et valorisé.

Le Chemin de la Foi : L'histoire de Joelle

Dans une ville pittoresque nichée au milieu de collines, vivait une jeune fille nommée Joelle. Joelle avait grandi au sein d'une famille chrétienne aimante qui lui avait inculqué l'importance de la prière. Chaque soir, avant de se coucher, et chaque matin, avant l'école, Joelle et ses parents se réunissaient pour prier, cherchant les conseils et la sagesse de Dieu.

Au fur et à mesure que Joelle grandissait, elle ressentait le désir d'explorer le monde au-delà de sa petite ville. Un jour, elle se lia d'amitié avec un groupe de filles qui n'avaient pas bénéficié de la même éducation spirituelle qu'elle. Au début, Joelle trouva leurs manières insouciantes séduisantes et commença à s'éloigner de ses prières quotidiennes.

Chaque jour qui passait, Joelle devint plus rebelle, négligeant ses prières et se plongeant dans les activités de ses nouveaux amis. Elle ne recherchait plus la direction de Dieu avant de prendre des décisions, mais s'en remettait plutôt aux conseils de ses pairs.

Un jour fatidique, Joelle fut confrontée à une décision cruciale qui façonnerait son avenir. Au lieu de se tourner vers Dieu dans la prière, elle demanda conseil à ses amis, dont les envies et intentions étaient égarées. Ils l'encouragèrent à faire un choix qui allait à l'encontre de ses valeurs et de ses croyances.

Malgré un sentiment tenace dans son cœur, Joelle suivit les conseils de ses amis et prit la mauvaise décision. En conséquence, elle se retrouva dans une situation difficile, se sentant perdue et seule.

Dans ses moments les plus sombres, Joelle réalisa l'erreur de ses voies. Elle se souvint des leçons que ses parents lui avaient enseignées sur le pouvoir de la prière et sur la recherche de la direction de Dieu en toutes choses. Avec un cœur humble, Joelle se tourna vers Dieu, demandant pardon et orientation.

Grâce à la prière et à la foi, Joelle trouva la force de réparer son erreur et de tracer un nouveau chemin guidé par l'amour et la sagesse de Dieu. Elle apprit que la vraie joie et l'accomplissement viennent du fait de marcher dans la volonté de Dieu et de rechercher ses conseils dans chaque décision. À partir de ce jour, Joelle fit de nouveau de la prière une priorité dans sa vie. Elle comprit qu'en invitant Dieu dans ses décisions, elle pouvait éviter de faire les mauvais choix et expérimenter les abondantes bénédictions qu'Il lui réservait.

L'histoire du voyage de foi de Joelle nous enseigne toute l'importance de la prière pour rechercher la direction de Dieu et éviter les pièges de suivre nos propres désirs ou les conseils erronés des autres.

Le chant du triomphe de Scott

Dans une ville tranquille où les couchers de soleil peignaient le ciel de teintes dorées et orangées, résidait un jeune garçon nommé Scott. Malgré son sourire chaleureux et son bon cœur, Scott était en proie au doute et à l'insécurité. Chaque tentative pour avancer dans la vie était entravée par ses peurs, le laissant immobile et stagnant. Scott possédait un talent secret : il était un chanteur doué. Seule sa mère avait eu le privilège d'entendre sa voix, l'encourageant souvent à partager son don avec le monde. Mais le doute de Scott l'empêchait d'oser monter sur scène.

Un jour, un événement spécial était prévu à l'école de Scott, invitant les familles à assister à une exposition des talents des élèves. À mesure que la date approchait, l'excitation remplissait l'air, mais une onde de panique submergea l'école lorsque le chanteur principal d'un groupe musical tomba malade et dut être transporté d'urgence à l'hôpital.

Les autres membres du groupe étaient des musiciens talentueux mais manquaient d'un chanteur. Alors que les enseignants et les organisateurs cherchaient désespérément une solution, la mère de Scott entendit leur conversation. Connaissant le talent de son fils et sentant une opportunité pour lui de surmonter ses doutes, elle suggéra Scott comme remplaçant.

Au début, Scott hésita, ses doutes menaçant de l'engloutir. Mais encouragé par sa mère et poussé par son entourage, il accepta à contrecœur de monter sur scène.

Alors que Scott se tenait devant le public, son cœur battait à tout rompre de peur. Mais lorsqu'il ferma les yeux et saisit le microphone, quelque chose en lui se transforma. À chaque note, il livra son âme dans la chanson, chantant avec une passion et une émotion qu'il n'avait jamais ressenties auparavant.

À la dernière note, un silence enveloppa le public. Puis, un tonnerre d'applaudissements éclata, remplissant la salle de joie et d'admiration. Certains étaient émus aux larmes, tandis que d'autres étaient impressionnés par le talent brut et le courage de Scott.

Parmi l'audience, un producteur de musique observait avec étonnement. Impressionné par la performance de Scott, il s'approcha du jeune garçon après l'événement et lui proposa un contrat d'enregistrement avec un label prestigieux.

Dès lors, la vie de Scott changea pour toujours. Son doute fut remplacé par la confiance et il embrassa son talent avec un courage retrouvé. Avec le soutien de sa famille et les conseils de son mentor, Scott connut le succès en tant que chanteur, touchant le cœur du public du monde entier avec sa musique.

Au cours de son parcours, Scott apprit une leçon précieuse : que parfois, nos plus grands triomphes surviennent lorsque nous dépassons nos peurs et nos insécurités et osons croire en nous-mêmes. Et tandis qu'il chantait son chant de triomphe, Scott inspira les autres à faire de même, leur rappelant que leur valeur et leur potentiel sont illimités lorsqu'ils acceptent les dons que Dieu leur a donnés.

La Métamorphose de Valérie : Un Voyage vers l'Humilité

Dans un village pittoresque niché au milieu de collines, résidait une jeune fille nommée Valérie. Brillante et talentueuse, son comportement heurtait souvent les gens dans le mauvais sens. Partout où elle allait, elle semblait attirer la haine, sans comprendre pourquoi. Valérie était convaincue que le problème venait des autres : elle pensait qu'ils étaient jaloux ou qu'ils ne la comprenaient pas. Mais au fond, elle partageait les sentiments d'arrogance et d'égocentrisme qui imprégnaient ses interactions avec autrui.

Après une énième rencontre remplie d'animosité, Valérie se retrouva seule, confrontée à ses pensées. Soudain, elle réalisa que le problème ne venait peut-être pas des autres, mais d'elle-même. Elle n'avait jamais pris le temps d'évaluer ses propres actions et attitudes.

Le cœur lourd, Valérie se tourna vers Dieu dans la prière, en quête de conseils et de clarté. Elle demanda la force d'affronter ses propres défauts et la sagesse pour se racheter.

Dans les jours qui suivirent, Valérie entama un voyage d'introspection et de développement personnel. Elle examina ses paroles et ses actes, reconnaissant l'impact blessant qu'ils avaient sur les autres. À chaque prise de conscience, elle chercha le pardon de ceux qu'elle avait blessés et s'efforça consciemment de changer ses habitudes.

Alors que l'attitude de Valérie évoluait de l'arrogance à l'humilité, quelque chose de remarquable se produisit. Les gens commencèrent à remarquer son changement. Ils observèrent ses efforts sincères pour être gentille et compatissante, et répondirent de la même manière. Lentement mais sûrement, la haine qui entourait Valérie commença à se dissiper, remplacée par la compréhension et l'appréciation. Les gens furent touchés par sa nouvelle chaleur et sa sincérité, et elle se retrouva entourée d'amis qui l'appréciaient pour ce qu'elle était vraiment.

En ne se concentrant plus sur elle-même, Valérie devint plus aimante et attentionnée envers les autres. Elle tendit la main à ceux qui en avaient besoin, leur offrant une écoute attentive et une aide concrète. Et ce faisant, elle éprouva une joie et un accomplissement qui surpassèrent largement tout sentiment éphémère d'importance personnelle.

Grâce à son parcours d'auto-évaluation, Valérie apprit une leçon précieuse : que le véritable changement commence de l'intérieur. En reconnaissant ses défauts et en s'efforçant de les surmonter, elle s'ouvrit à un monde d'amour et d'acceptation. Et tandis qu'elle continuait à marcher dans l'humilité et la grâce, son cœur déborda de gratitude pour le pouvoir transformateur de l'amour de Dieu.

Briller Ensemble : La leçon de vie d'une équipe unie

Il était une fois, dans une charmante petite ville, un groupe d'écoliers à qui l'on confia un projet de classe ambitieux à réaliser ensemble. Parmi eux se trouvait Enora, une jeune fille connue pour son caractère extraverti et confiant. Son équipe était composée de quatre autres membres : Billy, Selena, Hope et Christopher. Chacun apportait ses propres contributions et talents, travaillant sans relâche pour rechercher, réfléchir et créer le meilleur projet possible.

À l'approche de la date limite, Enora prit les rênes, guidant son équipe avec enthousiasme et détermination. Elle encouragea ses coéquipiers, écouta leurs idées et s'assura que chacun avait l'opportunité de contribuer.

Le jour de la présentation arriva, et Enora se tint fièrement devant la classe en tant que leader du groupe, prête à représenter le travail acharné de son équipe. Avec confiance et assurance, elle présenta leur projet.

La classe observa avec admiration tandis qu'Enora et son groupe livraient une présentation exceptionnelle, remportant les louanges et l'admiration de leurs camarades ainsi que de l'enseignant. Enora fut félicitée et acclamée. Leur projet reçut la plus haute note et tous furent impressionnés par leur travail et leur dévouement.

Cependant, malgré les applaudissements et les éloges, Enora ressentit un pincement au cœur, car toute l'attention était concentrée sur elle plutôt que sur ses coéquipiers. Elle savait que le succès de leur projet n'était pas seulement dû à elle-même, mais résultait des efforts combinés de toute son équipe. Avec humilité et gratitude, Enora prit la parole pour reconnaître les contributions de ses coéquipiers. Elle remercia Billy pour ses recherches méticuleuses, Selena pour ses idées créatives, Hope pour son dévouement infatigable et Christopher pour son souci du détail.

La classe observa avec admiration Enora féliciter son équipe, veillant à ce que chaque membre reçoive la reconnaissance qu'il méritait. À ce moment-là, ils apprirent une leçon précieuse sur le pouvoir du travail d'équipe et l'importance de reconnaître les contributions des autres.

Dès lors, le groupe d'Enora devint un brillant exemple de collaboration et de camaraderie. Ils continuèrent à travailler ensemble, se soutenant et s'encourageant mutuellement, sachant que leurs efforts collectifs étaient bien supérieurs à toute réussite individuelle. Alors qu'ils célébraient leur succès en équipe, ils découvrirent la vraie joie qui vient de la reconnaissance et de la valorisation de chacun. Car en fin de compte, il ne s'agissait pas seulement d'atteindre la grandeur, mais aussi de s'élever mutuellement tout au long du chemin.

Emy : La Leçon de Responsabilité

Dans une ville pittoresque où les rayons du soleil virevoltaient à travers les frondaisons, habitait une jeune fille nommée Emy. Dotée d'une brillance naturelle et d'une créativité débordante, son sourire avait le don d'illuminer n'importe quel espace. Passionnée par les moments partagés avec ses amis et avide de découvrir de nouvelles aventures, Emy vivait chaque journée avec un enthousiasme contagieux.

Un jour, la classe d'Emy se vit confier un projet de groupe particulier. Une vague d'excitation submergea la salle alors que les étudiants se rassemblaient en équipes, impatients de commencer leur travail. Emy se joignit à un groupe composé de ses amis les plus proches, animée par un enthousiasme débordant et regorgeant d'idées pour leur projet.

Au fil des jours, Emy et son équipe s'investirent corps et âme dans leur projet, consacrant chaque instant à rechercher, planifier et créer. Se rencontrant en dehors des heures de classe, dans des lieux tels que la librairie, ils passèrent des heures à travailler, chacun apportant ses talents et compétences uniques. Cependant, à l'approche de la date limite, un événement imprévu vint tout chambouler.

Le matin de la présentation, Emy se réveilla en proie à la panique, réalisant avec un serrement au cœur qu'elle avait oublié d'apporter sa part du projet. Fouillant frénétiquement dans ses affaires, une vague de culpabilité l'envahit alors qu'elle réalisait qu'elle avait égaré sa contribution. Comment avait-elle pu être aussi négligente ? Elle savait que ses amis comptaient sur elle, et maintenant elle les avait déçus.

Le cœur lourd, Emy se précipita à l'école, espérant contre toute attente qu'il y aurait un moyen de réparer les choses. Mais en arrivant en classe, elle vit les visages déçus de ses coéquipiers et comprit qu'elle avait manqué sa chance. Alors que les autres groupes commençaient leurs présentations, Emy resta assise en silence, sentant le poids de son erreur peser sur ses épaules.

Une fois les présentations terminées, Emy s'approcha de ses coéquipiers, les larmes aux yeux, prête à s'excuser pour son erreur de jugement. Mais au lieu de colère ou de déception, ses amis l'accueillirent avec compréhension et pardon.

"Nous faisons tous parfois des erreurs. Ce qui compte, c'est d'en tirer des leçons et d'essayer de faire mieux la prochaine fois."

Emy ressentit un élan de gratitude pour la gentillesse et le soutien de ses amis. Avec leur aide, elle jura de ne plus jamais oublier ses responsabilités. Dès lors, elle devint plus diligente et organisée, veillant toujours à respecter ses engagements et à tenir ses promesses.

Grâce à cette expérience, Emy apprit une précieuse leçon de responsabilité. Elle réalisa que la responsabilité signifiait plus que simplement accomplir des tâches : cela impliquait de respecter la confiance et les attentes de ceux qui comptaient sur elle. En embrassant ce nouveau sens des responsabilités, Emy découvrit un sentiment de fierté et de satisfaction en sachant qu'elle pouvait être comptée sur pour faire ce qui était juste. Car en fin de compte, la véritable responsabilité ne consistait pas seulement à éviter les erreurs, mais aussi à les reconnaître et à s'efforcer de faire mieux chaque jour.

Un Petit Héros au Grand Cœur : Jake et la Femme Sans Abri

Dans une ville animée où le soleil brillait de mille feux, résidait un jeune garçon nommé Jake. Doté d'une curiosité insatiable et d'une gentillesse innée, son cœur était aussi vaste que le ciel lui-même. Chaque jour, accompagné de sa mère, il se rendait à pied à l'école maternelle, croisant quelques âmes démunies dans les rues.

Un après-midi, alors que Jake attendait devant son école que sa mère vienne le chercher, il remarqua qu'elle tardait à arriver. Dans un élan d'innocence, il se laissa emporter par la foule d'enfants sortant de l'école, sans que les enseignants ne remarquent son absence.

Au fil de sa marche dans les rues, Jake s'arrêta devant une femme sans abri assise sur le trottoir. Son regard empreint de curiosité, il lui demanda pourquoi elle dormait dans la rue au lieu de rentrer chez elle. La femme esquissa un sourire triste et lui expliqua qu'elle n'avait pas de toit où se réfugier. Intrigué par son récit, Jake continua d'interroger la femme, sa curiosité innocente apportant une lueur d'espoir dans ses yeux.

À ce moment précis, une personne s'approcha avec les restes d'un repas d'un restaurant voisin, sur le point de les jeter. Mais la femme sans abri l'arrêta, lui demandant de la nourriture, expliquant qu'elle avait faim et qu'elle n'avait pas mangé depuis des jours.

Jake observa avec étonnement la générosité de cette personne, son cœur touché par la détresse de la femme. Lorsque sa mère finit par arriver et le ramena à la maison, elle le réprimanda pour avoir quitté l'école seul et le mit en garde contre les dangers de parler à des inconnus.

Ce soir-là, alors qu'ils étaient attablés pour le dîner, Jake évoqua avec son père la rencontre qu'il avait eue avec la femme sans abri. Il demanda s'ils pouvaient lui apporter de la nourriture. Sa mère hésita d'abord, mais son père, ému par la compassion de Jake, accepta de l'aider.

Le lendemain, le père de Jake acheta un sac rempli de provisions et, accompagné de Jake et sa mère, se rendit à la recherche de la femme sans abri. Lorsqu'ils la retrouvèrent, ils lui offrirent les provisions ainsi que des vêtements et d'autres articles dont ils n'avaient plus besoin.

La femme sans abri fut submergée de gratitude, des larmes coulant sur ses joues alors qu'elle les remerciait. Le père de Jake lui indiqua de remercier Jake, car c'était sa requête qui avait motivé leur acte de bienveillance.

Alors qu'ils s'éloignaient, Jake ressentit une chaleur réconfortante envahir son cœur. Il réalisa alors que même un petit geste de gentillesse pouvait faire une grande différence dans la vie de quelqu'un. Dès lors, Jake jura d'apporter son aide à ceux dans le besoin, se souvenant de la leçon de compassion et de générosité qu'il avait apprise.

Au Sommet de la Patience

Dans un village animé, niché entre les collines verdoyantes, résidait un jeune garçon du nom de Frédéric. Doté d'un esprit d'aventure débordant, il était constamment animé par le désir d'explorer les merveilles du monde qui l'entourait. Cependant, parfois, son enthousiasme le poussait à se précipiter dans les choses sans tenir compte du timing approprié.

Un matin ensoleillé, Frédéric décida qu'il gravirait la plus haute colline du village. Enivré par la perspective d'atteindre le sommet et de contempler la vue à couper le souffle qui l'attendait, il se lança sans une once d'hésitation. Alors qu'il progressait dans son ascension, son enthousiasme ne faisait que croître. Cependant, son empressement le rendit aveugle aux signes de danger qui se présentaient sur son chemin. Le sentier devint de plus en plus escarpé et rocailleux, tandis que le vent soufflait violemment autour de lui. Malgré ces avertissements, Frédéric persista dans sa marche, convaincu qu'il triompherait de la colline, quels que soient les obstacles qui se dressaient devant lui. Mais au moment où il atteignit le dernier tronçon, le pire arriva : une violente rafale de vent le déséquilibra et le fit dévaler la pente, le projetant au bas de la colline.

Blessé et ébranlé, Frédéric prit conscience des conséquences de ses actions impulsives. Sa hâte à atteindre le sommet ne fit que retarder son objectif, le laissant maintenant au pied de la colline, pas plus près de son but qu'au départ. Découragé, Frédéric s'assit, méditant sur ses erreurs. C'est à ce moment-là qu'il se rappela les leçons de patience et d'attente du bon moment que lui avaient inculquées ses parents.

Revigoré par une détermination renouvelée, Frédéric décida d'aborder sa prochaine aventure avec sagesse et patience. Au lieu de se précipiter, il prit le temps de planifier et de se préparer, attendant le moment opportun pour agir.

Les semaines s'écoulèrent et la patience de Frédéric fut mise à l'épreuve alors qu'il guettait la bonne occasion de gravir à nouveau la colline. Mais cette fois, il était prêt. Il étudia les prévisions météorologiques, rassembla l'équipement nécessaire, et attendit le jour idéal pour entreprendre son ascension.

Lorsque ce jour arriva enfin, Frédéric s'élança avec détermination, progressant avec prudence sur le sentier rocailleux, conscient des leçons tirées de ses expériences passées.

Arrivé au sommet de la colline, Frédéric ressentit un sentiment d'accomplissement et de joie indescriptible. La vue qui s'offrait à lui était plus belle que tout ce qu'il aurait pu imaginer. Et tandis qu'il se tenait là, savourant la gloire de son exploit, Frédéric réalisa que l'attente en valait la peine. En continuant d'explorer le monde qui l'entourait, il comprit que le bon timing était souvent la clé du succès, le propulsant dans son voyage avec confiance et grâce.

La guérison miraculeuse de Lea

Dans une ville paisible où les étoiles scintillaient dans le ciel nocturne, résidait une jeune fille nommée Léa. Remplie de vie et de rêves, son cœur débordait d'amour pour sa famille, malgré sa maladie grave qui semblait sombrement la menacer.

Malgré le pronostic sombre, Léa s'accrochait à sa foi et à ses aspirations, refusant de céder au désespoir. Chaque nuit, elle priait silencieusement, implorant Dieu de lui accorder plus de temps pour réaliser ses rêves et chérir ses proches.

Une nuit sombre et oppressante, alors que Léa gisait dans son lit, elle sentit son corps défaillir, son âme semblant s'éloigner vers l'inconnu.

Soudain, elle se retrouva entourée d'une lumière éclatante et apaisante, face à un homme émanant d'un amour et d'une compassion divins. Léa reconnut dans son cœur que c'était Jésus. Ses paroles douces et réconfortantes la remplirent d'espoir alors qu'il lui assurait que ses prières avaient été entendues, et qu'elle serait guérie pour poursuivre ses rêves. Grâce à cette rencontre, une paix profonde et indescriptible enveloppa Léa, lui offrant un répit bienvenu de ses souffrances.

Puis, aussi soudainement qu'elle était partie, Léa se sentit ramenée à son corps. Lorsqu'elle ouvrit les yeux, elle découvrit sa famille rassemblée autour d'elle, émerveillée et reconnaissante de son retour à la vie. Léa sut alors qu'elle avait été bénie d'une seconde chance, d'un miracle divin qui transformerait à jamais sa destinée.

Désormais, Léa embrassa chaque jour avec une gratitude renouvelée, déterminée à vivre pleinement et à partager l'amour de Dieu avec tous ceux qu'elle rencontrait. Son histoire devint un témoignage de foi et d'espoir, illuminant le chemin de ceux qui étaient témoins de son miracle. Et jusqu'à la fin de ses jours, elle continua à répandre la lumière et l'inspiration, laissant derrière elle un héritage durable de foi et de confiance en la puissance de l'amour divin.

La Passion de Mme Monet Pour Ces Fleurs

Dans un jardin enchanteur caché derrière un cottage pittoresque, deux fleurs nommées Lila et Rose s'épanouissaient sous les attentions délicates de leur propriétaire, une femme au grand cœur nommée Mme Monet. Lila, avec ses pétales délicats d'un blanc éclatant, et Rose, avec ses fleurs d'un rouge vif, partageaient un lien spécial alors qu'elles se balançaient doucement dans la brise, s'imprégnant de la chaleur du soleil.

Un matin lumineux, tandis que Mme Monet prenait soin de son jardin, elle remarqua une fleur fanée abandonnée dans un coin. Le cœur serré, elle souleva délicatement la fleur fanée et la replaça dans un pot à proximité, dans l'espoir de lui redonner vie avec amour et dévotion.

Lila et Rose observèrent avec curiosité Mme Monet nourrir avec tendresse la fleur en difficulté, l'arrosant et la plaçant délicatement sous la lumière du soleil. Malgré leur propre beauté, elles ressentaient une profonde compassion pour la fleur oubliée et aspiraient à l'aider à retrouver sa splendeur passée.

Au fil des jours, la fleur fanée commença à montrer des signes de renaissance, ses pétales s'épanouissant lentement pour révéler un éclat de couleurs vibrantes. Lila et Rose se réjouirent de voir ce miracle, reconnaissant que les soins attentifs de leur propriétaire avaient permis à la fleur oubliée de revivre.

Inspirées par la gentillesse de Mme Monet, Lila et Rose s'engagèrent à répandre l'amour et la compassion autour d'eux. Elles tendirent la main aux autres fleurs du jardin, leur offrant des mots d'encouragement et de soutien dans les moments difficiles.

Mme Monet enseigna Lila et Rose la véritable valeur de prendre soin des autres, leur montrant que même les plus petits actes de gentillesse peuvent faire une différence immense. Alors que le jardin s'épanouissait avec une beauté et une vitalité renouvelées, Mme Monet chérissait encore plus ses fleurs bien-aimées, reconnaissante des leçons qu'elles lui avaient enseignées sur l'amour, la compassion et le pouvoir de prendre soin des autres.

Le gardien fidèle

Dans un village pittoresque, niché au creux de collines verdoyantes, se dressait une tombe altérée, entourée d'un cimetière paisible où les murmures du vent dansaient parmi les pierres tombales. Et là, fidèle compagnon, jour et nuit, par tous les temps, se tenait un chien nommé Buddy.

Buddy avait jadis appartenu à un homme au cœur noble, nommé Thomas, qui l'avait choyé avec un amour et un dévouement inébranlables. Mais lorsque Thomas s'en alla soudainement, le monde de Buddy s'effondra. Refusant de quitter son maître, il entama une veillée solennelle près de sa tombe, comme s'il attendait le retour de Thomas.

Les jours se muaient en semaines, et les semaines en mois, mais Buddy demeurait inébranlable dans sa surveillance. Les villageois s'émerveillaient de sa loyauté, mais ne pouvaient dissiper la tristesse qui enveloppait l'animal tel un linceul.

Parmi eux vivait Emily, une femme au cœur empreint de compassion pour le chien en deuil. Chaque jour, en route vers son travail, elle passait par le cimetière et chaque jour, elle voyait Buddy assis fidèlement à côté de la tombe.

Un jour, incapable de supporter plus longtemps cette scène déchirante, Emily s'approcha de Buddy avec douceur et compassion. Elle lui parla avec tendresse, lui offrant réconfort et apaisement.

Touché par la gentillesse d'Emily, Buddy lui permit de s'approcher, ses yeux reflétant la douleur et le désir qui pesaient lourdement sur son âme. Comprenant son besoin de compagnie, Emily prit une décision.

Elle décida de prendre Buddy sous son aile, lui procurant nourriture, abri et surtout, amour. Au début, Buddy demeura méfiant, son cœur attaché au souvenir de son maître bien-aimé. Mais peu à peu, il apprit à faire confiance à Emily, trouvant du réconfort dans sa présence.

Au fil des jours, Emily observa un changement chez Buddy. Ses yeux, autrefois empreints de tristesse, s'illuminèrent désormais d'une joie retrouvée. Il ne resta plus assis près de la tombe jour et nuit, mais suivit Emily partout où elle allait, sa queue battant le rythme de son bonheur.

Mais malgré cette nouvelle allégresse, Buddy conservait un lien profond avec son défunt maître. Ainsi, chaque fois qu'Emily se rendait sur la tombe de

Thomas pour lui rendre hommage, elle emmenait Buddy avec elle. Ensemble, ils se tenaient près de la tombe, Emily offrant des prières pour l'âme de Thomas, et Buddy inclinant la tête en signe de respect silencieux. Et lors de ces instants, il semblait que l'esprit de Thomas veillait sur eux, empli d'amour et de gratitude. Grâce à la gentillesse et à la compassion d'Emily, Buddy apprit que même si la douleur de la perte ne s'effaçait jamais complètement, l'amour avait le pouvoir de guérir les blessures les plus profondes. Et alors qu'il se tenait aux côtés de la tombe de son défunt maître, enveloppé de l'amour de son nouvel ami, Buddy savait qu'il ne serait plus jamais seul.

Nicolas et le Trésor des Anciens: Une Ode au Respect

Dans un village paisible, niché au creux d'une vallée luxuriante, résidait un jeune garçon prénommé Nicolas. Reconnu pour son esprit aventureux et son énergie débordante, Nicolas témoignait également d'un profond respect envers ses aînés, valeur inculquée par ses parents aimants.

Un après-midi ensoleillé, l'illustre grand-père Howard, personnage éminemment sage aux cheveux d'argent, vint rendre visite à Nicolas. Avec son regard empreint d'histoires et d'expériences de vie, grand-père Howard s'installa sur une chaise à bascule sur le porche, contemplant Nicolas avec tendresse pendant que celui-ci jouait dans la cour. L'invitation tacite de grand-père Howard à s'asseoir à ses côtés fut chaleureusement accueillie par Nicolas, qui, désireux d'absorber la sagesse de son aïeul, lui demanda : "Grand-père, pourquoi est-il essentiel de respecter nos aînés ?" Les yeux brillants de grand-père Howard exprimèrent un consentement silencieux, incitant Nicolas à se joindre à lui. "Viens, assieds-toi près de moi, et je te conterai une histoire", déclara-t-il d'une voix empreinte de solennité.

Tandis que Nicolas s'installait aux côtés de son grand-père, il prêta une oreille attentive à l'histoire tissée par celui-ci, évoquant un passé lointain où grand-père Howard, encore jeune, avait bravé l'autorité parentale pour suivre sa propre voie, se retrouvant ainsi plongé dans les méandres de graves ennuis. Grand-père Howard exposa à Nicolas la précieuse sagesse acquise au fil des ans, soulignant l'importance de se tourner vers les aînés, détenteurs d'un savoir et d'une expérience incomparables, afin de guider les pas de la jeunesse vers des horizons plus sûrs.

Alors que le soleil déclinait, teintant le ciel d'une lueur dorée, Nicolas et grand-père Howard échangèrent des récits et des rires sur le porche, jusqu'à ce que les étoiles s'illuminent dans le ciel nocturne.

Depuis ce jour mémorable, le respect de Nicolas envers ses aînés se trouva renforcé, s'exprimant par son écoute attentive, son assistance dévouée et ses mots empreints de reconnaissance.

En grandissant, Nicolas emporta avec lui la précieuse sagesse transmise par son grand-père, sachant qu'en honorant ses aînés, il perpétuerait non seulement leur héritage, mais enrichirait également sa propre existence du trésor inestimable de leurs connaissances et de leurs enseignements.

Also by Lila Rosewood

Bedtime Stories For Kids
50 Great Stories For Christian Kids

Faith Warriors Chronicles
The Way, the Truth, the Life: The Roadmap To Salvation

Mompreneur's Journey: Empowering Work-from-Home Moms
The Mommy Flex: How To Create A Work-Life Balance That Works For You

Standalone
The Cheaters Antidote: Safeguard Your Relationship From Infidelity
Biblical Affirmations For Personal Transformation
Bedtime Stories: The Treasure Chest of Virtues
Le coffre aux trésors des vertus